新 潮 文 庫

おとこ友達との会話

白 洲 正 子 著

おとこ友達との会話——目次

会話のお相手

おとこ友達との会話

目玉論

赤瀬川原平

一九三七年神奈川県生まれ。画家・作家。「千円札裁判」などで有名。八一年、尾辻克彦の名で書いた『父が消えた』（文藝春秋）で芥川賞受賞。「路上観察学会」など、多方面で活躍。

一九九〇年　白洲邸にて

セリフなしでもよかった「利休」

白洲　私は赤瀬川さんのご本をそれほど読んでるわけじゃないんです。だけども、今度『利休』(『千利休——無言の前衛』岩波新書)で感心しちゃったの、ほんとに。

赤瀬川　いえいえ……。

白洲　あの本は面白かった。あれで初めてよくわかったんですよ。こういう方だったのかと思って。

——映画「利休」の赤瀬川さんの脚本はお読みになりましたか。

白洲　私、伺いたいのはそれなんですよ。映画っていうのは妥協が多いからね。実は映画も観《み》てないの。東京新聞に「近況」という欄があって、最近読んだ本では『利休』が面白くて、映画はどうでもいいけど脚本が読みたいって書いたの。そしたら読者からお手紙がずいぶんきたんですよ。それは出てますよっていう話。でも私は映画の脚本はどうでもいいの。そうじゃなくて、その脚本を書く以前に、いくつも没になったのがあったんじゃないか。学者がいろいろ監修に入ってきたりして変えられたんじゃない、桃山時代にこんなことしないとか（笑）。最初のが読みたいのよ。それはおありになんない？

赤瀬川　ありますよ。シナリオはもちろん、だんだん変わっていますね。だからその中の実現できなかったところは新書の中にちょっと書いたりもしてるんですよね。

白洲　どれですか。

赤瀬川　楕円形《だえんけい》の茶室とか。

白洲　あれ一番面白いところね。

赤瀬川　制約からこうなっていくのと、こっちの力量不足と、その二つでだんだんできない部分ができてくるんです。例えば最初は、三時間半ぐらいになったんですよ。でも配給会社としてはやはり二時間以内に抑えてほしいんです。それで一時間分を切っていくとなると、最初はトマソン的なことを利休が何かやるという場面もいろいろ考えたんですが、そういうのは筋としてはいらなくなってくるんですよ。映画というのは大衆芸術だから、やっぱりはっきりした筋をたどって結末へもっていかなきゃ、というのがどうしてもあるんですよね。そうすると、筋に関わるところは落とせない。

土をひねったりとか、筋には直接関係ないようなところがどうしても落ちていく。
白洲　そしてセリフがいるわけよね。黙ってちゃ困るのよね。モノを見せるだけじゃ、映画じゃ通用しないから。
赤瀬川　僕はわりに他人《ひと》に言われたら聞いちゃうほうなんです。聞かないのもくやしいっていうのがあって。でも、ちょっと聞きすぎたかなという感じがします。
白洲　今までもシナリオをお書きになったことがあるんですか。
赤瀬川　いや。僕は芝居を一回だけ書いたことがあるんです。映画は全然ないんです。
白洲　それじゃ、なんとなく聞かざるを得ないわね。
赤瀬川　そうですね。まして歴史をなにも知らないという。
白洲　お見事ね(笑)。
赤瀬川　勅使河原《てしがわら》(宏《ひろし》)さんとも全然面識ないんです。よく僕なんかを指名したなと思って。
白洲　誤解じゃないんでしょ(笑)。
赤瀬川　少しは誤解もあったみたいですね。歴史のことを「ほんとに知らないんだな」って言われてね(笑)。全く知らなかった。中学、高校のころの授業だけですからね。そんなの忘れてますよ。

白洲　そりゃ、歴史なんか知らなくたっていいですよ。自分でやってんだからね。
赤瀬川　僕としては、路上観察とかやってるうちに内側から近づいていたんです。
白洲　だからご自分は何かやっていらっしゃるから、その中に無意識にあるんですよ、日本の伝統っていうものがあるわけよ。だから歴史なんか知らなくたって、何か読めばわかっちゃう。そういうもんですよね。
赤瀬川　やっぱり利休の表現が難しかったですね。いまやるんだったら、シナリオにセリフなしでこっちも押し通しますけどね。読んだひとに「これじゃ利休が出てない」って言われるんですよ。そうすると困っちゃうんです。
白洲　本当は、利休はセリフを何にも言わないで済ましちゃったっていいんですよ。
赤瀬川　言わないでいいんです。だからもっとそれで押し切ってもよかったなと思うんですけどね。
白洲　もう一本おつくりになったら（笑）。でもほんとのことを言うと、監督がつっぱらなくちゃいけないと思う。
赤瀬川　難しいな。ハハハハ。
白洲　ご自分でなさらなくちゃダメだよ。
赤瀬川　それは確かにそうですね。映画はやっぱり監督がつくるもんですよ。だからやりながら、シナリオはタタキ台だなと実感しました。監督というか現場に幅を持たせたシナリオが一番いいんだろうって感じましたね。

白洲　みんな少しずつ妥協しながらやっていく面白さっていうか、つまらなさって言ってもいいのかもしれないけど、それはありますよ。

赤瀬川　そうですね。つまんなくなる面は多いです。集団というか、多数決的にやっていくものというのは、カメラにしても何にしても、日本のデザインのものってだいたいダメですね。上のほうの会議でいろいろ転がしているうちにダメなものになっていく。

——実際の映画を観られて、これじゃないよという感じがしましたか。

赤瀬川　こっちはスタッフですからもちろん不満はいっぱいあります。ただ難しいですね。人間関係ができちゃうと、あんまり文句を言えなくなるんですよ。役者さんにしてもなんにでも。

白洲　それはそうよね。でも、それで大ゲンカするほどのこともない役者なんだ。もし本当に付き合っていらしたら、育てたいと思っただろうけど、やっぱり他人なのよ。

赤瀬川　「利休」とは関係ないんですけど、小津《おづ》安二郎の映画は僕は中学時代に一本観たっきりで全然観てなかったんです。ところが三年前ぐらいかな、昔からの友達が映画好きで面白いというから、銀座で一週間やっていたのを一緒にずーっと通ったんです。それでちょっとまいっちゃいましたね。

行く前にその友達が「あいつはおかしな人らしいよ」って言うんです。「お早よう」とか「秋日和《びより》」という映画が上映されたのが六〇年ごろなんですよね。六〇年というと、世の中は安保反対で、こっちはアバンギャルドやってて、そんなことしか頭になかった。あの時代に「秋日和」っていうタイトルだけでもすごい人だなと思ってね（笑）。へえーと思って。

白洲　無関係だったのね。

赤瀬川　なんですね。そういうところから小津安二郎を好きになったんです。あのころ思想とか主義だけでガチガチにやってたことの一種恥ずかしさと照らし合わせて、あの時代にこういうものをつくっていたんだなと思って。いま自分が感じてやってることにすごく入ってくるんです。ディテールといいますか、ひょっとしたことの積み重ねなんです。それを平気でやってるっていうのがすごいなと思って。

白洲　実に日常茶飯事みたいな。

赤瀬川　そうなんですよ。日常茶飯事を描いてるだけだから、思想でいっちゃうと何もないんです。だけど、いっぱいあるんですね。

白洲　できたものにはね。

「目玉」になる難しさ

——赤瀬川さんの『利休』の面白さは何だったんですか。これだというのは。

白洲　結局、文章だと思う。ハッと思うように面白かった。

赤瀬川　岩波という看板がありますよね。それと僕の名前のうさん臭さが重なって（笑）、それで利休という組合せが面白くて。その前にも岩波で一冊、本を出したんですよね。

白洲　それは何ですか。

赤瀬川　『芸術原論』です。それで『利休』を書くことになって考えたけど、締め切りが近づいてきたらどうしても利休学者のシルエットがあっちこっち迫ってくるんですよ、頭の中で。それで、やっぱり僕は書けないと思って。でもちょうど幼女連続殺人の問題が出てきたとこだったんです。全然関係ないんですけどね。ああいう犯罪をつつむような偽悪的な風潮がありますよね。それと僕らがやったアバンギャルドの時差みたいなものが、自分の中ですごく気になってたんです。だからアバンギャルドを探っていって利休になるんだけど、それがいまは別の形で犯罪に逃げ込んでいるということを編集者にしゃべったんです。そしたら彼がそれを書こうということでね。そういう乗せられ方されるとうれしくて、じゃ、おれでもいいんだと思って、それから書き始めて。できるだけ横道にそれる主義で……。

白洲　うん。結局、縦道っていうやつはつまんないですよね。

赤瀬川　そうですね。それから頭だけで考えたことってつまんないです。でも、どうしてもそうなりがちなんです。自分が一つの位置にいるとそうなっちゃうんじゃないかと思うんですけど。

白洲　そうかもしれない。そのほうが暮らしやすいもんね。

赤瀬川　横道にそれるのは、考えじゃない感じですからね。

白洲　ええ。それが日本の面白いところでもあるわね。でも、古田織部《おりべ》っていう人はひどく苦労したと思うの。

赤瀬川　現実に？

白洲　現実に。利休のあとでなんとかしなくちゃなんなかったんだもの。

赤瀬川　結局、切腹してますね。いろいろ読んでみても、利休よりもっとわかんない人ですね。

白洲　わかんないです。

赤瀬川　あれも、モノだけから見てもすごい人ですね。

白洲　そうなんです。あの人は利休の後を継ぐのに非常に困ったと思うのね。非常に頭を使って……知恵を絞ってああいうものを作ったんだけどね。私なんかの経験からいうと、織部のものって持ってると飽きるの。初め飛びつくんだけど、少し持ってると飽きるんですよ。

赤瀬川　ああ、デザインなんですかね。

白洲　デザインなの。

赤瀬川　利休はデザインじゃないですからね。

白洲　そうそう。

赤瀬川　だから僕なんか見て、あの時代にデザインがあったということが、最初すごいと思って。

白洲　そうですよ。すごいですよ。いまのデザイナーなんか、かないやしない。

赤瀬川　ええ。僕は図版で接するだけだけど、飽きるという感じは言われるとわかります。

白洲　あなたなんか骨董《こっとう》を買ったら、すぐおわかりになります。それだけれども、欲しいものはいまはばかばかしく高くて手が出せないのよ。

赤瀬川　単なる投機の物件になってて。

白洲　そうなのよ。みんな何のために買ってるっていったら、「眼」なんかじゃないですよ。

赤瀬川　そうですね。せっかくのものがね。僕なんかも若いころは骨董と聞いただけで別の世界というか、拒否反応という感じでしたから、頭の方で。だからいまになって、やっとそうじゃないと思ったら、今度はおカネになっちゃって。

白洲　それは同じなんですよ。骨董がほかのものになったって、やっぱり日本の伝統なんですよ。ただむつかしいのは、骨董だってお金に換算しなくちゃ始まんない。いくら美しいといったって、それは言葉にすぎませんから。

赤瀬川　そうですね。ぼくはアバンギャルドが終点までいっちゃったある時期、美術批評を一年やってみろと言われて「太陽」で書いてたんですよ。それであれこれ展覧会を回りながら、ハッとしたんです。絵の見方が変わってるんで。それまでは頭で見てたんですね。

白洲　ところが目玉だけになるのが難しいのよね（笑）。辛《つら》いんだ。

赤瀬川　気がついたらマチスとかいろいろ、買うつもりで見てたんです。

白洲　そうでなくちゃダメよ。
赤瀬川　これは買いたいなっていう絵と、若いころ頭で考えていた絵と違うんですよね。若いころ、例えばピカソとマチスだったらピカソが好き、というか信奉してたんですよ。何か思想的な発言があるみたいで。マチスなんか模様だけじゃないかなんて思ってたわけです。それが最近になってからはマチスのほうがいいんですよ。自分が買って持っているとしたらマチスのほうを欲しいという。骨董もそういう感じに似てるんじゃないですか。
白洲　そういうもんですよ。私は、今、「新潮」にそれを書いてるんで（『いまなぜ青山二郎なのか』）フウフウいってるわけよ。だけど言葉でいうのは大変。
赤瀬川　それは大変ですよ。だから今まで何年もお書きにならなかったのは、すごくわかります。

見る才能

白洲　この前、小林秀雄《ひでお》さんの講演テープのことを尾辻《おつじ》（克彦《かつひこ》）さんの名前で書いていらしたわね。本当に、あなた、小林さん知らなかったんですか。

赤瀬川　僕は全然知りません。三年前かな、天皇がお亡《な》くなりになる直前ぐらいなんですよ。僕自身もあのころから日本的な……利休も始めていたし、例えば日本の宗教とか神道《しんとう》とか天皇とかに関心が出てきちゃったんですよ。

白洲　そうですよ。仏教なんて借りものみたいなもんよ。借りものっていうよりも、日本人が利用したもの。日本の神様は黙ってんのよ。黙って何にもしないんだけど、仏教が入ってきたとき、極端に言えば仏教をうまく利用してますよね。お能だってそうですよ。本当はみんな神様、あるいは自然宗教、アニミズムみたいなものなのよ。

赤瀬川　そのへんがすごく気になるんですよ。ただ僕は勉強が苦手だから、勉強したいと思うけどなかなかできなくて。で、そのころ友人が、小林秀雄さんがカセットテープで天皇のこともちょっと言ってるよっていうんでエッ？　と思って。

白洲　なかなか言わないのよね。

赤瀬川　言わないって言いながら、けっこう長い時間言って（笑）。その感じを他人から聞いて、それは何か面白そうだなと思って聞いたんですよ。それまでは僕は本当に読まないほうなもんだから、よけい小林秀雄というとそびえてるでしょ。

白洲　そんな人じゃないですよ。大丈夫よ。

赤瀬川　ただ外から活字だけ見るとね。それに惑わされてたんですよね。

白洲　小林さんは「おれなんかは誤解されっぱなしだから」って言ってたもの。

赤瀬川　日本の科学技術に感謝しますよ。あのカセットがなきゃ、僕なんか小林秀雄って一生知らずにいたかもしれない。聴いたとたんに大好きになっちゃって。暮れの大掃除のときに天井の掃除をもそもそとしながら、耳からは小林先生に怒られて、実にいい年末を過ごしました（笑）。僕が一番こたえたのは、科学批判といいますか。

白洲　そうだけども、ほんとうは非常に科学的なのよ。

赤瀬川　ええ。それが一番身にしみましたね。

白洲　あの方はすごく頭がよかったから、そうじゃない方面……だから青山二郎さんと付き合ったみたいなとこもあるんだけども。

赤瀬川　横道が好きなんですね。

白洲　出がフランス文学ですからね。なんにも知らないで、明治大学で日本の歴史を教えるっていっちゃうのよ。教えるとなったら一生懸命になっちゃう人だから。明治大学で教えてたのは数年だと思うけど、フランス文学ならよく知ってるのよ。だけど、知ってるものは教える必要ない、勉強する必要もない、と思っている人だから。一番知らないものは何かと思ったら日本なのよ。それで日本の歴史を教えるって言っちゃって。

赤瀬川 それはいくつぐらいですか。

白洲 若いときよ。大学出てから少したったころ。

赤瀬川 じゃ、三十とかそのくらいで。

白洲 そうそう。それでしゃべるほうも下手だった。それは自分で書いてるのよ。一番初めは大阪でもって講演頼まれるの。そうすると意気揚々とやるんだけど、見物人には一つも通じなかったの。これじゃいかんと思って、そうすると一生懸命になる人なの。パーフェクトにしなくちゃいやで、志ん生の全集で勉強した、間《ま》から発音の仕方から全部勉強したのよ。鎌倉《かまくら》の海岸を歩きながらお稽古《けいこ》したんだって。

赤瀬川 すごい(笑)。

白洲 徹底的にやるのよ。骨董だってそうですよ。あの方は頭と目玉が両方うまくいってるの。うまくバランスのとれた人なの。

赤瀬川 最近、路上観察のスライドをやりながら講演するんです。僕ら話は商売人じゃないから、同じことをしゃべるのって最初はすごく気がひけたんですよ。でも初めトマソンということであっちこっちに招《よ》ばれると、どうしても基礎になる話からしゃべるしかないんですよね。「同じことでちょっと気がひけるんだよな」って言ったら、仲間から「古典落語だと思えばいいじゃない」って言われて、これはいいと思ってね。

白洲　アッハハハ。これはいい。それでだんだんうまくなっていくから、一つの芸になるんでしょ。
赤瀬川　ここで笑うな、と思うと笑うんですよ（笑）。笑ってもらうとうれしいしね。仲間と、今度浅草のどっかでプロのお笑いと勝負しようかと冗談で言ってるんですけどね。本当は白洲さんにもスライドを見てもらいたいんですけど。
白洲　なさるとき招んでください。どこでも行きます。
赤瀬川　面白いんです。ぜひ見てほしいなと思って。今度機会を作って……いっぱいありますから。
白洲　いっぱいって、路上観察のスライドが？
赤瀬川　ええ。例えば美術学校の生徒たちに課題に出して報告させたんです。自分で作るもんじゃないからどれも同じだと思ってたんですが、いいもの、名品だけ見つけてくる人がいて。一方では、理屈は確かにトマソンだけど、なんかつまんないものばかり見つけてくる。発見にも才能があるんだなと思って。あれはショックだったな。そのへんから骨董とか、利休たちの目利《めき》きといいますか、その世界に近づいてるんですね。で、いいものはずっと見てても飽きないんですよ。
白洲　そういうふうになるのは当たり前だと思うのよ。だって骨董は高くて買えないですよ。いま売ってるようなものを買ったってしようがないもの。伊万里《いまり》のタコ唐草なんか流行《はや》ってるけどさ。あんなのは古道具と言おうかクズみたいなもんでね、あんなもんならトマソンのほうがどんなにいいか（笑）。

赤瀬川　見る楽しさがね。いまの骨董の状況というのは、単に受け継ぐだけですか。

白洲　いまのはそうです。なにも目を訓練することないですよ。

赤瀬川　僕はお茶の世界は全然知らないけど、あの状態もそうなんじゃないですか。作法を受け継ぐというだけで、何かキラッとしたものはたぶんないんじゃないですかね。

白洲　今のお茶には全然ないですよ。

赤瀬川　なぞるだけですよね。

白洲　そうなんですよ。それだからだんだん悪くなるしかないの。ただ、なぞるだけでもね、玄人《くろうと》になれて食べていかれるということはあるんです。お能なんかまさにそうですよ。型だけやっていても。

力ずくか感覚か

赤瀬川　そうですね。あれは形式美の完成されたものですね。

白洲　ところが、そこから飛び出すひとがいるの（笑）。これ（『老木《おいき》の花』求龍堂）を差し上げるから、読んでください。友枝喜久夫《きくお》さんといって、目の見えないご老人の能楽師で、芸術院会員でも人間国宝でもなんでもないんだけど、それはすごいですよ。私、あんなものは初めて見た。目が見えなくなってから一段とよくなったんだと私は思ってるんだけども。

赤瀬川　これは新しい本ですね。

白洲「老木の花」というのは、世阿弥《ぜあみ》の言葉で、年とって咲く花が一番美しい永遠のものだということ。めんどくさいところは飛ばしてください。

赤瀬川　はい（笑）。

白洲　友枝さんがなぜ偉いかっていうとね、初めて見た人が感動するの。涙こぼすんですよ。古典芸能だって、知識なんかなくても、何か胸を打つものがなくては本物じゃない。専門のお能の批評家がいることはいるんだけど、うまいっていうことは知ってるのにその人が飛びぬけてるっていうことがわかってないのよ。ヒビ割れじゃないけど、目が見えないからちょっとした失敗はある。それは枝葉のことで、本質的な芸とは関係ないってことがわからない。

赤瀬川　ヒビ割れ（笑）。

白洲　日本はお茶碗《ちゃわん》でも割れたって平気でしょ。「筒井筒」という茶碗なんか割れたまま国宝になってます。あんなことは世界のどこにもないことですよ。割れたもんなんて捨てますよ。

赤瀬川　そうですね。不思議だなと思います。割れてもなおかつ美しいけど、割れたもんだから継ぎ目がよかったりすることもあるから、一つの景色になっちゃう。西洋の世界ではそういうことはやっと最近ですよね。抽象絵画の絵具をたらしたりなんかというのはそうなんですよね。

白洲　だけどセザンヌの場合はもっと本当にわかってて苦労して苦労して、白い余白をいっぱい残しちゃうでしょ。日本の余白とは違うんですよ。もうこれしかいりませんという線だけ描いて、それは考え抜いた線ですよね、セザンヌの場合は。それで余白が残るんだけども、日本人の場合はそうじゃないんですよ。

赤瀬川　チョンと置くことで余白を生かすみたいな。

白洲　そうそう。それと伝統的にいっても、必要もあったわけですよ。例えば屛風《びょうぶ》を作るでしょ。絵でもって余白を作っておいて、そこに歌を書くんですよ。扇子でもそうですよね。歌はあってもなくてもいいけども、歌を書く余裕を残しているというのがあるわけ。

赤瀬川　ありますね。これはキッチュとかそういうものになるけど、明治のころから引き札、要するにチラシがありますね。あれの見本帖《みほんちょう》を手にいれたら、すごくいいんです。それで必ず画面の三分の一ほどの余白を作って絵ができているんです。そこに商店の文字を入れるためなんだけど、それは伝統なんですね。

白洲　伝統ですよ。げてものだけど。

赤瀬川　引き札は当時の底辺の絵師だと思うんだけど。

白洲　だから何にも考えないんだけど、そんなものが残っちゃうのね。

赤瀬川　ええ。僕もあのへんが気になりだしたんですよ。若いころはゴッホにしても、絵具の厚塗りのほうが好きだったんですよ。自分が作品やめて見始めてからは、厚塗りの絵具がうっとうしくなってきたんです。それにどの作家を見ても晩年は薄塗りになっているんですね。だからこれは不思議だなと思って。そのほうが伝わるものがあるんですね。微妙なものが。

白洲　微妙です。薄いとぼかしみたいなものが入ってくるし、非常に微妙な動きが出てきますね。
赤瀬川　それで、セザンヌが塗り残しているのも変なものだなと思ったんですよ。ふつう印象派でもモネなんかそうですが、真ん中に人物を描いて周りは塗り残しているというのはあるんですよ、習作で。でもセザンヌのように絵の中心に塗り残しがあるというのは、ほかにはないですね。不思議な絵描きですね。
白洲　そう。線や色を惜しんで、破墨山水みたいなのがあるでしょ。最後のほうは、墨だけみたいになって雪舟に似ているのがあります。ああいうのなんかも、日本と似てるけど、アプローチの仕方が違ってるんだと思いますよ。手紙やなんかでも言ってるけど、セザンヌはひどく苦労してるの。日本のほうが自然です。
赤瀬川　彼らには合理主義の伝統がありますよね。その先であういうことをやったんだから、セザンヌは無意識にやってるから、面白いんだと思うんですね。
白洲　そうでしょうね。あれ頭でしちゃうと、バランスがダメになっちゃう。
赤瀬川　ええ。見せようとして見せたものというのはなにかいやらしくなっちゃう。だからセザンヌは塗り残しは自分でわかんなかったんじゃないですかね。
白洲　うん。だから洲之内徹《すのうちとおる》さんが『セザンヌの塗り残し』（新潮社）という本で言ってるのは本当だと思いますよ。洲之内さんも、セザンヌはそこを描こうとしても描けなかったと言ってるのよ。そして凡庸な絵描きとか批評家なら「つじつまを合わせるためにわけなく塗っただろう」って。そこを残しておいたことがセザンヌの偉さだって。凡庸な人たちはムダな言葉で埋めちゃうわけですよね。あいてると気になるから。また凡庸なのが描くと間が抜けるんですよ。

赤瀬川　セザンヌの場合、右手である何かを一生懸命合理的に追究しようとしている、自分にとっても囮《おとり》みたいなものがあって、その一方で左手で塗り残しの部分を作っていったみたいな感じですよね。

白洲　両刀使い？

赤瀬川　そのあとの現代美術でデュシャンているんですけど、彼がやっているのは、やっと利休たちのところに辿《たど》り着いたというと変になるけど、僕としてはそんな気がするんですよね。ふつうに売ってるビン乾燥機を持ってきて展覧会に出したり。桃山のあのころのやり方にすごく似ているわけですよね。ふつうの生活の中から持ってきてお茶室、みたいな。デュシャンというのは、西洋的な考え方を力ずくでやったその先で「侘《わ》び」にやっと届いたという感じで。

白洲　実に力ずくなんだな（笑）。

赤瀬川　本当に力ずくなんです。例えば定規を作っているんです。一メートルのひもを一メートルの高さからパッと落とすとフニャッとなりますよね。その曲線を固定するんです。そういう定規を三種類作ってケースに入れて、作品とかね。偶然というのを理詰めでやるんです。こっちはハラッと花を散らしたりとかそんなことで、すでに日常的にやっちゃうんだけど。
白洲　そう。だから非常に感覚的ですよね。
赤瀬川　感覚的ですね。いまはそれがすれ違ってきているという気がすごくしますが。
白洲　日本人は古いほうを忘れているでしょ。感覚のほうを。
赤瀬川　ええ。
白洲　向こうは力ずくでやろうと思ってる。でも日本人は力ずくじゃダメだな。野球を見てたって、力ずくじゃかなわないですよ。
赤瀬川　ええ。エネルギーを発する装置の基本構造が違いますね。外人は必ずデッドボールに反射的に怒って向かっていきますね。日本人の怒り方は、(肩をくねらせて)このヤロウと(笑)。おれも外人ぐらいはできるぞという感じでいくから、本心じゃないんですね。あれ見てると、日本人は基本的に違うんだから、デッドボールで怒んないほうがいいよと思っちゃいます。

白洲　ぜんぜん似合わないんだ。

赤瀬川　さっきの受け継ぐだけということですが、科学者の江崎玲於奈《れおな》さんが新聞に書いていましたが、「アメリカ人は教えたがる民族で、日本人は習いたがる民族だ」と（笑）。

白洲　それはそうかもしれない。

赤瀬川　それは本当にそうですね。だから例えば家元制がこれだけあるのも、習いたがるんですよね。習うのが好きっていうか。

白洲　うん。それと私がひどく感じるのは、芸術はみんな新興宗教みたいになっちゃった。和歌とか俳句とかお茶とかみんなそうですが、自分のとこだけが流儀なんだな。幾つもあるんだけど、お互いの交流もないし、だいたい認めないでしょ。

赤瀬川　ムラといいますかね。

白洲　確かにムラ意識ですよ。村八分になると、そこへ投書しても載っけてくれないのね。

赤瀬川　僕らの周りは勝手にやってる連中ばかりだけど、大部分はそうじゃない、絵描きにしても団体とかいうのがありますね。あれはものすごいらしいです。

白洲　洋画でもそうですか。

赤瀬川　洋画でもそうらしいですよ。団体のパーティーがあると、会長と同じスーツをきちんと着て行かないといけないんだって。やっぱり家元みたいな先生がいて、そこにじーっと……。

白洲　民芸なんかもダメになっちゃったのはそれだもんね。結局、柳宗悦《むねよし》さんの宗教になっちゃってね。「工芸」という雑誌を出しているけど、その巻頭論文はまだ柳さんですよ。七十年ぐらいやってるのね。だから発展しないんですよ。発展しなきゃ堕落するだけでしょ。

赤瀬川　そうですね。なんでもそうですが、かたまっちゃうとダメですよね。

白洲　ところがその中から飛び出すのがいるから面白い。

赤瀬川　僕は小林秀雄さんのカセット聴いて何か厚いフィルターが一枚とれたみたいな感じ。それでついでに禅の鈴木大拙さんのカセットがあるんですが、それも面白かったですね。小林さんより一方向なんですが。

白洲　私、鈴木先生には会ったことあんの。ちっちゃいときですから全然ダメだったけども、奥さんが西洋人で、いい方でしたね。

赤瀬川　そうなんですか。そのカセットで面白かったのは、少年のころに英語を習って、その直訳に驚くんです。例えば「犬は足を四本持っている」と。その「足を持っている」というのが、何かすごくショックだったと。確かに僕らが日本で考えると、持つというのは分離されたものを持つわけですね。
白洲　うんうん。ついてるもんじゃ、「ある」だものね。
赤瀬川　「犬は足が四本ある」といいますね。向こうは「持つ」と。これは根本的な違いだと。全部分離しての考えといいますか、だから分析ですね。ああ、そうなんだと思って。基本がそこにあるみたいですね。
白洲　西洋人もこのごろだいぶ面白いのがいてね、私書きたくてしようがないんだけどうまく書けないの。それはね、うちに遊びに来るのがいるんですよ。白洲（次郎）は英語のほうがうまかったぐらいの人だったの。だから子供たちも外国人って珍しくないんですよ。それでみんな英語を覚える気もしないぐらいなの。そういうふうな付き合いが西洋人とあるわけね。
　ある日、私たちが十人ぐらいでいるところへ西洋人が五人ぐらい入ってきて一緒に楽しくやって、もうそういう時は日本人扱いですよ。それでその人たちが用があって早く帰っていったのよ。で、一番おしまいの人が出るか出ないかのときに、うちの娘かだれかが「さあ、毛唐が帰ったからこれから飲もう」って言ったの（笑）。そしたらその西洋人が戻ってきて、「どうぞ、ごゆっくり」ってそうっと戸を閉めたのよ

（笑）。英国人だから、そういうことすごくよく通じて実にユーモアがあっていいと思ったのね。それでまた、ひとしきり笑ったわけ。それをうっかり書いたら怒られちゃうしね。でもほんとうのことというと、国際的っていうのはそういうことだと思うの。西洋人との付き合いもそこまでいかなくちゃダメですよ。

赤瀬川　僕は外国はあんまり行ったことがないんですよね。言葉は全然できないし……。

白洲　わざわざ行くことないですよ。ただ行くだけだったら、絵葉書を見ていたほうがいい。ただし、生活すると違うから、そこのところが難しい。

目玉の力

白洲　全然話が違うけど、私、変な体験しちゃったの。夕顔の花はきれいなもんで私は好きなんです。いつも四時ごろ咲くんですよ。いつの間にか咲いているの。だから私は咲くところをよく見たいと思ったの。周りが暗いからすごくきれいなんだろうと。蕾《つぼみ》がふくらんでいるから、今晩咲くというのがわかるんです。そのうちの一つを、四時ごろからじっと見てたんですよ。

でも咲いてくれないの。ほかのはちゃんと咲いてんのよ。見てるのだけがいつまで経《た》っても咲いてくれないの。それで夕方の四時から十一時まで見ちゃったんです。そうしているうちに、くたびれちゃったのよ、花のほうが。ああ、くたびれたってこう(しおれたみたいに)、頭がさがっちゃった。それでかわいそうだと思ってよしたの。でもそれは偶然だったかもしれないと思って、それから二晩続けたら、同じだったの。

赤瀬川　同じ花ですか。

白洲　いや、別の蕾ですよ。初めのはしぼんじゃって落ちちゃったんだから。ほかの蕾で今晩咲くっていうのがあるからそれを見続けていたら、やっぱり同じ状態なの。必ず咲くはずなんだけど咲かないのよ。そしたら最近、外国人の書いた本で『植物の神秘生活』(工作舎)というのを読んだら、植物というのはそういうものなのね。それが外国人だから、科学的にデータとってコンピューターにちゃんと心臓のグラフみたいなもんが出るんですよ。

赤瀬川　サボテンなんかでよくありますね。

白洲　そうそう。人間が切ってやろうとかいじめてやろうと思うと、前からわかっちゃうんだって。植物の心霊学っていう本お読みになったことある?

赤瀬川　僕はわりとそういうの好きで……あれは不思議ですね。

白洲　それを読んで、そういうこともあるのかと。まだ半信半疑だけど、植物にはわかってるとしか思えないの。

赤瀬川　よく経験的には言いますね。植木屋さんでも、見られている木はイキがいいって言いますね。

白洲　うん。それとかわいがって、早く大きくなれよってなでていると……それはもう前からわかっている話なのよ。だけど物理的に……(笑)。

赤瀬川　じゃ、その花は内気な夕顔だったんですね。

白洲　いえ、夕顔はみんなそうじゃない？　源氏物語の時代はいまよりも原始的でしょ。そういうことを人間が、いまよりもっとわかってたんじゃないかと思うの。だから確信もって「夕顔」って名付けて、一晩で死んじゃうはかない女がいるの。それで源氏物語は何の巻、何の巻ってほとんど植物ばっかりでしょ。べつに紫式部だけっていうんじゃなくて、みんなが自然と交流する何かを持ってたんじゃないかと思う。だから読んでても、当時の人々はもっと面白かったんじゃないかと思うのよね。

赤瀬川　僕は若いころに、六畳の下宿にがらくただらけでふとんの面積だけあって、何か書いたりとかしながら、さて寝ようかとか、そういう生活ですね。そんなときにふと枕元《まくらもと》の時計をみたら、目覚ましの秒針がカチカチときてカ……と止まるところを見ちゃうんですよ。なんか要するにネジが終わった瞬間なんだけど、フッと見ると、カチカチカ……と止まるんです（笑）。それが二、三回あったんです。ああ、見たなって。それだけのことなんですけどね（笑）。

白洲　だけど、そんなことに気がつくっていうのがおかしいのよ（笑）。

赤瀬川　そのあと本屋さんで本を立ち読みしてたんです。道路側に本棚が出ていて、取るとき落っこちそうな本棚だなと思って立ち読みしている間に、クギが抜けてガチャッと落ちてね（笑）。そのあと果物屋に行って果物を買ったときに、グレープフルーツみたいのが五つずつに山にして重ねてあって、これも倒れるんじゃないかと思って見てたら倒れちゃったんですよ（笑）。

白洲　それはあなたが見たからいけないのよ（笑）。それ、きっと目玉の罪だ。

赤瀬川　そのあとだったか前だったか忘れたけど、僕の親しかった石子順造さんが亡《な》くなったんですが、僕は都合でお葬式に行けなかったんですよね。それで四十九日が終わりましたという葉書が奥さんからきたのかな。うちの娘が三つぐらいで、向こうも同じぐらいのジュンちゃんというのがいて、うちの子は櫻子というんですが、葉書の横に「サクラコちゃんへ　うちのジュンちゃんも外から虫が入ってきたら、お父さんが会いにきたんだ、といって迎えて入れています」と。ジュンちゃんはそれまで虫が嫌いだったらしいんですね。それで櫻子が帰ってきたから読んであげたんです。「うちのジュンちゃんも虫が入ってくると……」と読んだときに、その葉書の虫という字のところにポツンとてんとう虫が落ちたんですよ（笑）。

白洲　ウワー。きちゃったんだな。

赤瀬川　三歳だからわかんないけど、ハッとして見ましたね。お伽噺《とぎばなし》なら、これが石子さんの化身になるのだろうけど、しかし夏だし窓を開けてあるし、これ自身が石子さんではないとさすがに思うわけです（笑）。でも、そういう偶然の出来事を通してのあるメッセージといいますか、何かがきたんだなという気がすごくしたんですよ。

白洲　私なんかもそういうのありますよ。例えば讃岐《さぬき》で西行《さいぎょう》の庵室《あんしつ》の跡を訪ねた時、雨が降ってきて、夕方になっても場所がわかんないの。何時間もわかんなくて下のほうに行ったら畑で働いているおじいさんがいたから、その人に「西行の庵室ってご存じですか」って聞いたら、上の方に塚みたいな格好の竹藪《たけやぶ》があるのよね。おじいさんが「あそこですよ」って言ったとたんに、そこからホトトギスが啼《な》きながら飛びだしたのよ。あれ、きっと西行さんが教えてくれたんだ。ああいうことは、人にもいえないし、文章に書くのは難しいわねえ。

神憑《かみがか》りの神語り

前登志夫《とし お》

一九二六年奈良県生まれ。歌人。五五年より詩から短歌に転じる。六八年より「山繭《やままゆ》の会」を主宰。七八年、第三歌集『縄文紀』で迢空賞《ちょうくう》受賞。九八年、『青童子《せいどうじ》』で読売文学賞、二〇〇五年、『鳥總立《とぶさだて》』で毎日芸術賞。生まれ育った吉野《よしの》山中での山住みのエッセイでもよく知られる。

一九九一年　白洲邸にて

歴史が生きている

前　『森の時間』（新潮社）について「新潮」に文章を寄せて頂いて、ありがとうございました。「石押分之子《いわおしわくのこ》の神語り」という、タイトルだけで、もう、抜群ですね。あれから、サイン頼まれたら、その言葉を書くんです。
白洲　どうも恐れ入ります。あのご本は本当に面白かった。連載の時から毎回楽しみにしていたのですが、やっぱりああやって一冊で拝見したほうが、ずっと生き生きとして。リズムもあるし……。初めは正直申し上げて、何を書いてらっしゃるのかわからなくて。だって、先生の作品を初めて読んだんですもの。ちっとも存じ上げなくて。
前　歌壇の片隅にいて、一般には通用してないもんですから……。
白洲　私には大通用だわ、ああいうのだけっきゃわかんない（笑）。
前　白洲さんにあれを書いてもらって、なんとなく自信が出来ました。それは、根源的な意味で、僕が何かによって歌わせられるとか、語らせられるとか、そういうことの意味というのをあの文章から感じましたね。

白洲　恐れ入ります。

前　お酒は、普通、どれぐらいお飲みになるんですか。伝説では、いろいろ伺っていますが。

白洲　伝説は大変なんですけど。いまはもう、年で駄目でございまして（笑）。

前　お若い時は。

白洲　若い時は一升酒で、あとまだウィスキーを飲んだりブランデーを飲んだり。若い時というのは、私は無理して覚えたんですよ。つまり、小林秀雄《ひでお》さんや、青山二郎さんなどと付き合うため。だって、飲まないと口もきいてくれないんですから。

前　でも、やっぱり素質があったんですね。

白洲　お勉強に飲んだみたいな感じでね。子供の時からじゃないから。大人になってからですから、ちょっと無理がいってたみたいですね。いまでも、一年に三、四回ぐらいはべろべろに酔っぱらって朝まで飲むことがあります。

前　意識がなくなるとか、そんなことは……。

白洲　ないです。いよいよギラギラするだけ……（笑）。意識がなくなるほうが本物ですよ。ほんとにお好きなんだと思う。私なんか駄目ですね。だっていい気持ちになるというよりも、元気がよくなっちゃって、ギラギラしていくんですもの。

前 お酒が合うんですね。命の源泉になるんでしょう。

白洲 まあ、その時はそうかもしれませんけど。やっぱりいい気持ちになって、潰《つぶ》れるっていうほうが本当じゃないかしらね。

前 それにしてもすばらしいお住まいですね。置いてあるものも凄《すご》い。花は白洲先生が活《い》けられるそうですね。

白洲 今は手が痛いもんで、至らないでね。そこから採ってきたのをそのまま、ずぼんと活けただけです。

前 （壁を指差して）あの字もいいですねえ。

白洲 あれはちょっと面白いんです。「色即是空空即是色」。（富岡）鉄斎さんが台所の戸袋に書いたものなんですよ。どこにでも書く方だったもんで。それで面白くて。

前 このお宅は何年ぐらいになるんですか。

白洲 障子は元禄《げんろく》だって言うんですよ、建築家の方が。でも建物はそんなに古くはないでしょう。障子はきっと、とっといたものを利用したんじゃないかと思います。明治のはじめよりもうちょっと前かな。文化文政ぐらいの時に建ったんじゃないでしょうか。

前　いつからお住まいなんですか。

白洲　五十年です。戦争で逃げてきたんですよ。

前　この佇《たたず》まいというのはなんとも言えませんね。前の竹林のみずみずしさ。背後の欅《けやき》や杉の林など……。

白洲　先生のおうちこそ、吉野《よしの》の素晴らしい場所にあるというだけで、うらやましい。私、いまでも忘れられないですよ、能面を探しに行った時のこと。

前　バスに乗って。

白洲　そう、日に一台なの。それでね、ちょうど吉野の懸崖《けんがい》造りみたいにくずれた道を、修理していて。慣れているから走れるんでしょうけど、下を見ると物すごいの。ちょうどバスのタイヤの幅に板が敷いてあるんですが、その上を平気で行くんですよ。もう怖くて(笑)。それでも往きはいいんですよ、あそこへどうしても行くんだっていう目的があるから。帰りが怖かったの、下りだし。ほんとに深いですものね、あのへんの谷は。

前　その時の能面は、普通の家の納戸《なんど》みたいなところの押入れに入っていたんでしょう。

白洲　ええ。みかん箱みたいなものに入ってました。いまは大変なものになってるらしいけど。第一、見せていただくのにも長くかかってね。神主さんがいらっしゃらない、無住の神社でしたから。
前　今は大変らしいですよ。建て替えて豪華になりました。
白洲　金キラキンですってね、新しくなって。ちょっと行く気しませんねえ。あと、あそこも行きました。丹生《にう》川上神社下社。上社にも参りました。
前　下社は私の近くです。
白洲　みんな参りましたよ。末永雅雄《まさお》先生が、案内して下さるとおっしゃって。川上村の井光《いかり》へ行く途中でした。そこで、何といいましたっけ、南朝のご家来のこと。威張ってるんですよ、その方たちが（笑）。
前　筋目《すじめ》。
白洲　そう、筋目の人。その筋目をね、何十人も呼んでくだすったの。自分が行かないと駄目だっておっしゃるのねえ。私なんかが一人で行っても、会えやしないからっていって連れていってくだすったの。その時に、丹生神社の前の宿屋さんに泊まったんです。
前　迫《さこ》というところですね。丹生川上の上社の近くの朝日屋という宿。

白洲　そこへ、なんだか、二、三十人も呼んでくだすったんですよ。これは以前にも書いたんですが、とにかく、いま見てきたようにあの時代の話をなさるの。自天王が川を伝って逃げたとか、「ここで殺されたんです」とかね。ほんとに感激しましたよ。あすこではほんとに歴史が生きている感じ。

前　『明恵上人《みようえしようにん》』や『古典の細道』と共に、『かくれ里』は、私共の「山繭《やままゆ》の会」では昭和四十年、五十年代から共通の愛読書だったのです。あの上社、今度水没するんですよ、川上村迫に鎮座する丹生川上の上社が。

白洲　あら、そうですか、もったいない。

前　少し下手の大滝にダムが出来て、湖になるんです。丹生川上の中社は蟻通《ありとおし》というんですが、宇陀《うだ》のほうに近い東吉野村の小《おむら》にあります。三つの川が合流していて、一番、素晴らしいところです。

白洲　なんか、常滑《とこなめ》というような感じの。

前　今では丹生の一番根源だろうと言われていますが……。

白洲　上社が水没するというのは、もうすぐですか。

前　六、七年もすれば水底になるのでしょう。山本健吉さんなども残念がって見に来たりしてました。折口信夫《おりくちしのぶ》の弟子ですからね。折口さんは吉野の吉野離宮上流――そんなにはっきりは唱えなかったんだけど——上流説ですね。吉野離宮下流説は、伴信《ばんのぶ》友《とも》や土屋文明。私どもの下市秋河です。今日ほぼ定説となっているのは、中流説の宮滝ですが、上流説は川上村西河の蜻蛉《せいれい》の滝です。そうすれば信仰の対象としては、そこよりさらに上流になければならないということになりますから、川上村迫の上社あたりが大事になるわけです。

白洲　下市というところもいいところですね、あそこは落ちついた、ちょっと特殊な町で。吉野の辺りは、お寿司《すし》ひとつとっても、やっぱり美味《おい》しいです。

前　柿《かき》の葉《は》寿司。

白洲　そう。そうでなくても、ただ昆布でまぶした、電車の中で売っているようなのでも美味しいわね。お米がいいのかな、お寿司のつくり方を知っているのね。私は鮭《さけ》の柿の葉寿司。あれを谷崎潤一郎さんの『陰翳礼讃《いんえいらいさん》』で読んで、そのとおりに、毎年春になると柿の新芽でつくります、お酒だけで。酢を使わないの。それで、ひと晩、柿の葉で巻いて、非常に重い石で押すんです。戦争中から覚えてます。

前　私のほうは朴《ほお》の葉っぱの。

白洲　いいですね。朴は香りがとってもいい。

前　香りが強烈。葉が大きいんですがね、寿司桶《おけ》に入れて大きな石でガーッと押さえてひと晩おくと、しだいに味が、米と塩鯖《しおさば》と朴の葉と酢によって、なれ、なれてくるのです。

歌のいのち

白洲　先生、「新古今」で、結末といっちゃおかしいけども、歌ってものはあそこで完成しますでしょう。どうなんです、その後。連歌をやるわけですか？

前　ええ。あれ以後は連歌ですね。「新古今」の時で、歌そのものはもう衰弱しているんじゃないでしょうか。洗練をきわめるのですけど……。

白洲　そうですよね。だいぶ細かく繊細になりすぎて……。

前　割れてきてます。上と下とが大いに割れて、技巧化しますから、連歌へ行くより仕方がない。一人の純粋な詩的感動というものの母胎というか、主体といったものを見失っていますね。（源）実朝《さねとも》はたまたまああいう境遇で、自分では無意識の宿命的な詩の旋律みたいなものがあったから、彼だけはなんとなく面白いんです。

白洲　だけど後が続かなかった。

前　はい。南北朝になって「玉葉集」や「風雅集」の「細み」の抒情《じよじよう》の結晶はあったのですが、実朝の魅力には及びません。

白洲　つまり、関東にいて、あの人は知らなかったんですね、都のいろいろな複雑な技巧を。それだからすかっと……。

前　ひたすら上方《かみがた》を美化して、憧《あこが》れてね。

白洲　そう、そう。だからよかった。でも、そういうことってありますね、文化の中にはずっと。

小林秀雄さんの『無常という事』の中でも、私、「実朝」が一番いいんじゃないかと思う。

前　いまでも僕はあの中にある、「歴史や自然という人間を超えたものとの定かならぬ縁」がだんだんわからなくなったら、歌は命をよわめるだろうなんていうところ、これは本当に真理だと思いますね。それがいまほどわからなくなった時代はないと思います。

白洲　先生の『山河慟哭《どうこく》』（小沢書店）の中にも、題詠というようなことは現代短歌ではしないけれども、時代の与えられた題を、隠れたところで詠《よ》んでいるというようなことをお書きになっていますね。あれを読んで、先生が短歌でどんなに苦労してらっしゃるか、よくわかりました。私、とても恥ずかしくなりました。

前　ええ。逆説的なんですけどね。古臭い題詠など遥《はる》かに超えて、自在に歌っていると思っているのですが、意外と、戦後は戦後の画一的なテーマを歌っています。前衛短歌もまたそうです。正岡子規の革命の、一種の後遺症みたいなものも戦前には長くありましたからね。なんでもリアリズム、リアリズムで、どんなことでも歌になるただごとうたのおかしさ。写生の呪文《じゅもん》でした。「湯を上がり西ながむればあかあかと生駒《いこま》の岳《たけ》に日は沈むなり」というたら、お前の家から生駒山は見えへんやないかという批判が出る。いや、今度来てみい、物干しへ上ったら見えるんじゃいうて論争してる。まあ、これは極端な戯画化ですけど……。なんか社会科学的な常識みたいなものを三十一文字《みそひともじ》でちょっと感傷的に歌うようなものが新しく目覚めたものだというふうになりましたね。柳田国男という人は、早くから、これは疑問だということを、子規以来の近代短歌に対して言ったわけです。あの人は、桂園《けいえん》派の松浦辰男《たつお》の弟子なんですけれども、それとは別にもっと深いところで洞察していたように思うんですよ。そんな個人の一人の日常の詠嘆なんかより、もっと大きな、まさに人間をはるかに超えた自然や歴史との定かならぬ縁というようなものの中にこそ歌があるということを洞察された人だから、「ちょっといまの短歌の行き方には疑問だ。もう一度、題詠を見直すべきだ」というようなことをおっしゃっておりますね。現代の歌人の多くはとにかく低い発想で伝統的なものを否定します。現代短歌の共通の合言葉は、花鳥風月の否定でした。だが、花鳥風月とは、単純に保守的なものであり、簡単に否定できるものでしょうか。伝統や、歴史や自然についての考え方が浅薄になりました。定かならぬ縁を認識する思想や哲学がないので、つまり人間が出来てないのでそうなるのです。歌が面白くなくなるわけですよ。

神様が降りてくる

白洲　『森の時間』の最後の、「三人子《みたりご》はときのま黙《もだ》し山畑《やまばた》に地蔵となりて並びゐるかも　そう歌ってから、もう千年ほどの歳月を閲《けみ》してしまったような気がする……」という一文、あれは……。

前人はみなこの世の価値観に妥協したり、無我夢中で生きておりますが、時として、そうした自分を宇宙へ放り出したくなるものです。あれ、ふっと最初の一行が出来ていったら、ずっとなんとなくいって、最後にボロンと。

白洲　私もそうです。全然、はじめからきちんとした構想なんか考えない。大きなピクチャーはあるけれども。おしまいどうしようとか決めてたら、文章の中からなにも生まれないでしょう。

前　意識の深層みたいなところからダッと来るものがね。それがまた文章を書く喜びだし。しんどいですけどね（笑）。

白洲　でも、出来上がったのを拝見しますと、大変な構成力ですよね。

前　恐れ入ります。たいてい二日から三日で……。中にはちょっと眠くなって、ぼけてね、間違《まちご》うてるとこあるんですよ（笑）。ああいう話なんて、半分はフィクションもまじるんですけれども、真面目《まじめ》な律義《りちぎ》な人が多いもんですから、あちこちから手紙が来ましてね。たとえば『森の時間』の「さゆりの花は人死なしめむ」の話の最後でも「その夜わたしは、ささゆりの香の溢《あふ》れるホテルの部屋で、安らかな夢精をした」と書いたんです。そしたら「元気なんですねえ」とか言われまして。いちいち、いや、そうじゃないんでと弁解してまわれませんから困りました……（笑）。

白洲　神憑《かみがか》りですよ、ほんとに。神憑りの神語りなんですね。先生のご本を読んで、一番強烈な印象だったのは、「いま」というのがいつだかわからなくなっちゃう。物語の中の「いま」というのが。ですから、意図的にやっていらっしゃるとしか思えないんですよね。常に語っている時間が「いま」なんだと思って、こっちが読んでいくと、先生はぽんぽん時間を飛ばされて、それが常に「いま」という。長くおかかりになったのは当たり前だったと思う。

前　家内曰《いわ》く、「あんたはやっぱり人間、横着に出来てる。編集者があんなに困ってるのに、いよいよどうにもならなくなるまで書かない。いよいよとなり書こうと思えばなんとか書けるやないの」ってこう言うんですね。だからあんたは横着。人間が怠け者で、本来、遊び人だ。信頼出来ん人間だといわんばかりに言うんですよ。書くんだったら二日も三日も前に書くべきだと言うんですが、僕もまったくその通りにそう思ってるんですよ。そう思ってるのにね、どうにも、あかん、これはあかんと思うて、恥ずかしいてね。でも、最後になって、もうどうにもならんと思ったら、ああ、雨が降ってきたとか、雪になるかもしれんとか、何か書いてるうちに、なんか……。

白洲　神様が降りてくる。

前　それは言霊《ことだま》なんでしょうか。しゃべり出てきて。で、名前をなんとしようかなあと思ったりしてね。それであんまり考えてないから、同じ花さんというのが二つも重なったりして。

白洲　京さんというのと京子さんというのもね。

前　それは学生に指摘されました。学生はそんなの細かく見ててね。あまり詩的に、文学的に見ないんですよ、現代の娘さん達は実生活的に見るんです。純真といえば純真なんですけど。このせつという女性が村を捨ててこのままどこかへ行ってしまったら、自分の非を認めたことになる。もっと頑張って村に残るべきじゃないか、とかね。

白洲　まあ……。

前　僕の歌のお弟子などにも、つねに内面の歴史というか、人生のドラマを豊かにしなさいというのです。みんなそれぞれ人生があるから、それは素晴らしいし、かけがえがないのですから。ところがいかにその人の人生が波瀾《はらん》に富んでいましてもね、なんか書きたくないのが殆《ほとん》どですよ。自分が本当に書きたいというのとまた別なんですね。だが、一人一人の人生というのは、本当にどんなに愚かでも輝いております。

白洲　そういう話はお弟子さんたちは、歌で……。

前　そのすべてが、歌には出ません。歌を枕《まくら》にして、詞書《ことばがき》や随筆にしていただく。さらに補って語っていただくのです。私は結婚するまでにこういう愛と死のドラマがあったなんていって、話してくれるんですよ。

白洲　だんだんに、作品に昇華されていかないんですか。

前　それが理想ですし、みんなそうしようとして歌を詠むのですが、人生の具体はやっぱり散文でないと駄目なんでしょうね。歌というのは、そういうものが濾過《ろか》されて、萩《はぎ》の花が揺れたっていうぐらいにしか歌えないんでしょうね。それがつらいですね。そういうものがいまは極度にわからない時代になりましたですね。

白洲　はあー。

前　だから、「愛人でいいのとうたう歌手がいて　言ってくれるじゃないのと思う」というような俵万智《まち》さんみたいな、誰が聞いても、ああ、そうか、同感、同感とよくわかるようなものになってしまいまして。

白洲　でも、わかったら、もうおしまいじゃない。

前　そう。今の世の中は、陰翳としてしかあらわせない人間の心の深層とか、魂の微動の美しさを表現する日本語を忘れています。『明恵上人』で先生が明恵の歌と西行の歌を比べたり、『西行』での西行の歌のよみは鋭いですね。

保田《やすだ》與重郎《よじゅうろう》に教えられたこと

白洲　先生の文章って、普通の歌人の文章と違いますよね。歌人の文章ってもの、あるじゃない。俳句の方でも違うわよ。詩人の文章も違う。先生のは、文章家の文章だわよ。そこのところが、私とっても面白いと思って。面白いと言っちゃ失礼だけども、そう思いますよ。全然違うんですもの。

前　今まで誰もそんなありがたいこと言ってくれませんでしたよ。柳田国男の『遠野物語』の場合、あの文語がきいてますね。非常に短い文章の中で、読者の想像力をバーッとふくらませますね。同じようなことをみな書いているに違いないんですけどね。サムトの婆《ばば》というのが神隠しにあってから、三十数年して親類が集まっているところへ帰ってきた。どうしてと問うたら、みんなの顔を見たいからだといういて、すぐまたすっと山へ帰った。「さらば又行かんとて、再び跡を留めず行き失《う》せたり。其日《そのひ》は風の烈《はげ》しく吹く日なりき」。風の吹く日はサムトの婆の帰るような日だなあなんていう。文語体の簡勁《かんけい》な力というものがあります。小林秀雄が亡《な》くなってから、講演がカセットになっているのにも入ってますね。

白洲　『山の人生』のね。

前　『山の人生』の冒頭の、あのすごい秋の夕暮れの惨殺《ざんさつ》の場面でしたが、それからまた『遠野物語』の六角牛山《ろつこうしさん》で白い鹿《しか》を撃つ話も面白い。ベテランの猟師が、どーんとやるんだけど、倒れないんですね。白い鹿は神の使いでしょう。白い鹿を撃ったらいけない。倒れない。それで見に行ったら、石だったんですね。「よく鹿の形に似たる白き石なりき。数十年の間山中に暮せる者が、石と鹿とを見誤るべくも非《あら》ず、全く魔障《ましよう》の仕業なりけりと」なんていうような調子で。

白洲　小林さんは、ほんとに柳田さんの文章を上手だっていって、何度も聞かされたわ。
前　柳田の余りにセンテンスの長いのはかなわんですがね。
白洲　ありますでしょう、中には。
前　中年、晩年になってきてから、長くなりましたね。『遠野物語』は聞き書きとはいえ、『後狩詞記』とか、中期までのは短くて、キラキラしているんですね。
白洲　小林さんは、『海上の道』のことを非常によく言ってらした。
前　やっぱりあれが一番最高なんでしょうね。保田與重郎も、柳田国男の文章がすばらしいなんて言うてましたよ。
白洲　與重郎さん、よくご存じだったんでしょ、ご近所で。
前　まあ、ちょっと……、あの方も戦後は暇でね。あの人、ステッキついて、紋付みたいなのを着て、壮士風でした。前川佐美雄《さみお》の奈良のお宅で二、三度お会いしました。橿原《かしはら》や奈良の路上でお会いして、三回ほどお茶をご馳走《ちそう》になったこともあります。
白洲　難しい方だったんでしょう。
前　いや、僕にはやさしい方でした。吉野の山の暮らしや、食べ物のことや、祭礼のことなど、民俗的な話をされました。黒い玉の薬を飲んでて、この薬があったら絶対ガンにならへんし、いいんだとか言うて、寝転んで、ものすごくよくしゃべるんです。

あれは吉野の「桜花壇」での「日本歌人」の夏行《げぎよう》の時でしたか。それなのにおなら出るんですよ、ぼうっ、ぼうっとね。五味康祐《やすすけ》さんがちょうど芥川《あくたがわ》賞もろうて、後、書けなんだころでね、困っているいうたら、えらいはっぱかまされましてね。いまの作家いうたら、月に三百枚ぐらい書かな小説家と違うねん言うて、五味さんを激励するんですよ。「忠臣蔵」を一人につき三百枚書けとか言うとるんです。四十七篇書けるやないか。そんな風にいうて、少しからかってるみたいでしたが。保田さんは、結局、ある意味で、散文よりも詩を大切に考えていたんですね。島木赤彦《あかひこ》の世界に芥川は及ばぬというようなことをどこかで言うてたはずですよ。あの人、やっぱり詩歌に対する激しい憧《あこが》れがあって、最後に新潮社から歌集を出したでしょう。文章もいいものはやはり詩的な世界のものでしたね。

白洲　吉野からはじまる話でしょ……鶯《うぐいす》がいて、桜の虫を食べるとか。ずっと書かないでいらして、やっと「新潮」から連載が始まったのよね。それが三回ぐらいまではすごくよかったのに、途中からなんか威張ったみたいな文章になって。

前　とにかく天壌無窮《てんじようむきゆう》をすぐ言われるでしょう。あんなとこにこだわられなくてもいいのにね。新潮社から出た大著『日本の美術史』にも、随所にすばらしいところがありました。保田さんとほんの三十分話していると、鮎《あゆ》のうるかの作り方や、神社の鳥居のことなど話され、二十代の僕が土地と生活に、いかに無智《むち》であるかを教えられました。

白洲　ねえ。あの連載も、はじめはすごくよかったんですよ。吉野に住んでいる人たちの生活を書いててね、どうやって桜の花を大事にするのかとか、そういう話だって、すごくよくてね。しばらく黙っていると、こんなにいい文章が書けるのかと思っていた。そうしたら、それ評判がよかったんだかなんだか知らないけど、急に大上段になって。

前　小沢書店から昭和五十年頃に出た僕の『存在の秋』について書評を書いてくれたんですよ。その経緯《いきさつ》が傑作なんです。三枝熊次郎いうおじさんが「奈良県観光新聞」を編集発行しておりまして、「先生の本のこと、誰かに書いてもらいまっさあ」言うのです。「保田さんはどうでっしゃろう」って怖《おそろ》しいことを言われる。「いや、それは気の毒だ」と申しますと、「與重郎はんが一番よろしおます」と、三枝さんは言われるのです。原稿料無しのタブロイド判の、歴史や文化財のすこぶるカタイ、学術的な月刊の情報誌です。三枝さんの捨て身の依頼が成功して、保田さんは早速、鄭重《ていちょう》に書評してくれました。一時は僕の仕事に危惧《きぐ》を感じたことを述べられ、やっぱりその歴史と土地の恩寵《おんちょう》というより他ない文章であるといって、えらい褒めてくれてるんですよ。末永（雅雄《まさお》）さんをはじめ、奈良にはいっぱい文化財専門の学者や歴史家おるでしょう。そういう人のところへパッと自転車で走って行って、「先生、書いておくんなはれ」言うて必ずどの人にもただで喜んで書かせる。小学校の校長先生だったんですが、退職金で自転車買《こ》うてそれで走りまわって、ウワーッと書かして。

白洲 ウワーッですか（笑）。

前 そう。その代わり、自分は一行も書かない。「奈良県観光新聞」主幹で、一行も書かない。八十八歳になり、三百号位で辞めたもんですから「書かなかった三枝熊次郎」という一文を書きました。わしは天皇陛下と同い年だといつも言っていた。

白洲 あっははは。面白い方がいらっしゃる。

前 保田さんが、この新聞をものすごい文化財や言うてね、これは何百万にも値すると言うて激賞されていましたね。タブロイドの四ページか六ページそこらのものなんです。僕も時たま書きましたけどね。三枝さんはまだ生きていられて、家内と、電話でよくしゃべってますわ。向こうからかかってくる。僕とこしゃべりやすいのかね。あんまり原稿すっぽらかされて、難儀したから。

白洲 自転車で行くのは大変だし（笑）。

渋のところがうま味になる

前　このあたりは、冬の一番寒い時でどれぐらいですか。
白洲　やっぱり東京の都心より二、三度寒いっていう程度。だから大したことないんです。ただ、雪など降りますと、いつまでも消えないでそのまま。
前　零度ぐらいでしょうかね、最低でも。
白洲　ええ。ことにこの四、五年は暖かいから。
前　それは住みやすいですね。私のとこは、標高五五〇メートル位ですから。
白洲　寒いですね。ちょうど、あそこと同じぐらいね、奈良の三輪山の裏のあの山。何といいましたっけ、神様の山がいっぱいあるとこ。初瀬《はせ》まで行かないで、三輪の真裏みたいなところで。
前　都介《つげ》ですね。都祁野《つげの》高原。闘鶏《つげ》とも書きますが。あそこお好きですか。
白洲　大好き。あそこの夕焼けがね、本当に好きです。
前　高いと夕焼けが……茜《あかね》が濃いんですよねえ。
白洲　神山ばっかり見えて、お寺はほとんどなくて。夕方になると、よくあそこに行ったわ。（柿《かき》を勧めながら）この柿は禅寺丸という名前なの。王禅寺というところがあるんです、近所に。そこが非常に古いお寺でね、平安初期に、高野山の二代目の方がこっちへ来て、膨大なところを領地にしたの。その方が、村の人に何か残してあげたいといって、甘い柿を発見なさったんです。いまでもそこに一番はじめの禅寺丸の切株が残ってる。

前　この柿はなつかしいです。妙なものでしてね、甘柿というのは最終的にこくが出ない。渋でないと。本当の最後の味は渋。だから人間もはじめっから僕みたいに甘い人間はこくが出ません。

白洲　この柿もはじめは渋いんです。そして霜の降る頃に、渋のところが甘くなるみたいですね。

前　年を越して置いておきますと、甘柿は水になってしまう。駄目なんです。ところが渋柿のほうを置いときますと、むちむち、甘くなるんです。

白洲　あまり、お会いにならないでしょう、こんな柿。

前　家にあるのにね、もう取らないんですよ、うんと高くて怖いから。秋の山の香りである松茸《まつたけ》などが、昔のように沢山出なくなったのはどうしてなんでしょう。

白洲　しめじも美味《おい》しいわよねえ。しかも大きい。

前 ずだーんとした感じの、あれが天然のしめじ。甘いんですよ。香りもあるしね。小さい時、友達の家へ行ったら、木こりの家で、そこのお母さんがお昼に、「こんなもん、ぼんぼん食べてくれまっしゃろか」って訊《き》く。麦めしの中へ米を倹約してちょっとにして、栗《くり》としめじが半分以上入ったのが出てきましてね。いまから思うと最高なんですが、それを気味わるそうに食べました（笑）。戦後、昭和三十五年までは炭を焼くのにカネになったから雑木林が多かったんです。ところがもう炭を焼かなくなったから、全部、杉の植林になって、雑木林の山の幸というのがなくなりましたね。残念ですね。

白洲 一つだけじゃなく、全部なくなるんですよね。

前 鳥も動物も少なくなりますでしょう。そんな喜びがなくなったです、山道を歩いておりましても。

白洲 （裏手を指差して）そこが炭焼きの雑木山なんです。

前 この家は、このあたりの庄屋《しょうや》さんだったんですか。

白洲 そんな難しい家じゃない。普通の百姓家。

前 ほおー。でも、このあたり、立派な家がありますね。

白洲 自作農が多いですから。

前　豊かなんだ。こういう色は一朝一夕に出せませんからねえ。竈《かまど》でずっといぶして、燻製《くんせい》になった色ですからね。
白洲　移った当座は、一生懸命磨いたの。きたなくなってましてね、鼠《ねずみ》の糞《ふん》だとかいろんなものがへばりついてまして。おじいさんとおばあさんだけが住んでて、床が抜けるような家だった。ま、ここらへんですからね、吉野とかああいう歴史のあるところとは違うから。
　でも実際違いますよね、関西と関東じゃ。関東はほんとに野蛮だわ。
前　そうでしょうか。
白洲　まあ、野蛮ないいとこもありますけどね。私なんて鹿児島だからもっとひどい。
前　鹿児島って、特殊な文化の高いとこだと思うんですけど、違いますか。
白洲　高いかどうか知りませんが、特殊です。外国ですよね(笑)。
前　それで……、なんか威張ってますね。
白洲　あっははは。
前　僕の知り合いの、鹿児島県人が、熊本みたいのはせいぜい水前寺清子しか出ないんだとか、鹿児島と人種が違うんだとか言うて威張ってるんですよ。
白洲　鹿児島と熊本、仲が悪いんです。

前　西南戦争以来、余計悪いんですね。

白洲　ただ、このごろは熊本では有名な知事が。

前　細川（護熙《もりひろ》）さん。坊《ぼ》っちゃんモダニストね。

白洲　私、あの方が一歳ぐらいの時から知ってるんです。だから、おばさま、おばさまってしょっちゅう電話が来てね。気持ちがいい人ですよ。

前　らしいですね。いま阿蘇《あそ》のゆうすげ、がきれいだからとか言うて地元の女流歌人の所へやって来るとか。

白洲　そうなの。いきなり来るのよ、いつも（笑）。

前　なんで辞めたんですかね。もう飽かれたんですか。

白洲　知事を？　ちょっとわかんないんですけどね、長くやっているといけないということもあったのかもしれないし、もしかしたら、もう少し根本的に教育ということを考えたかったのかもしれない。日本の教育ね。一人じゃしようがないかもしれないけど、はじまりは一人ですからね。

前　いま土光《どこう》（敏夫《としお》）さんの後みたいな仕事やっているのと違いますか。行政改革。でもこういうことって、難しいでしょう。政治の世界は……金丸（信）さんみたいに、ボケないと。ボケてるのかどうか知らないけど（笑）。

白洲 あれは狸親父《たぬきおやじ》だわね。

前 なんとか爺《じい》って書いておられた。

白洲 たぬ爺（笑）。でも、あの人、なんだか、ボケてるんじゃなくて、ちょっと……もう少し芸みたいじゃない。ボケた顔しているという。長年の政治のカンでもって、こうした顔したほうがいいってなことをなんとなく知っていると思うのよ。一番悪いやつなんだもんね、昔から。私よくわかりませんけど。宮沢喜一さんは知ってるんです、ちっちゃい時から。ちっちゃい時って言っても、二十歳ぐらいだけど。ほんとに真面目《まじめ》すぎる。真面目すぎて嫌われちゃってねえ。

前 やさしすぎるんですね。甘柿かな……。

白洲 いい人だよね、あれ。政治的な変なテクニックみたいなものはまったくなくて、なさすぎて、いままで総理大臣にもなれなかったし、おカネもあんまりないし。偉いと思うのは、奥さんが出てこないことね、絶対に。奥さんが自分でそう決めたのね。まあ、これからは出なきゃいけないこともあるだろうけど……。お母様も、一番はじめの選挙の時か何かに手伝いに出ていったら帰ってくれって言われたんだって。今度あの子に聞いてみるわね、たぬ爺のあれ、本ボケか嘘《うそ》ボケか（笑）。

前 はっはっは。

山本健吉の吉野伝授

白洲　このあとも、夜どなたかと対談なさるんでしょ。
前　ええ、歌人の岡井隆《たかし》さん、中上健次さんと。
白洲　ああ、熊野《くまの》の方ね。熊野といえば、最近とみに、南方熊楠《みなかたくまぐす》がよく話題になるわね。
前　イギリスで原書で読んだ本を、日本へ帰ってから全部覚えてたって、あれ本当ですか。
白洲　そのぐらい訳ないでしょう、あの方の記憶力って。
前　人間にはもともとそういう能力があったのかも知れないですね。文明生活によって失った人間のさまざまな能力があるのでしょう。いまはもう退化してしまったのでしょうな。
白洲　やっぱり熊野だからああいう方が生まれたみたいな感じがするし。
前　すぐれた知性と原始人的な能力ですね。ピカソなんてそれの典型と違いますか。
二人とも、なんか、イチモツをぶらぶらさして生きてたでしょう。アレがなんか、原始の世界への羅針盤というか、アンテナみたいでね。

白洲 そう、そう（笑）。私は、小林秀雄さんに一番はじめに、読めって言われたの。それまでは、熊楠なんて名前も知らなかったんだけど。二十四時間だか、五十時間だか寝ないで書いた手紙というのがあるの。それはあの人が好きだった男の子——別になんでもないいんだけど——、それと日高川で別れるの。その手紙がものすごい。長くて長くて。だけど、それがいいんですよ。まず堀口大學《だいがく》さんが小林さんに教えて、小林さんが、私に教えてくれた。それはまったく記憶力とかとは別の、なにか、日高川の川霧が漂っているような文章なのよ。お読みになったことありますか。

前 いいえ、残念ながら……。小林さんは、折口さんとはどうだったんでしょうか。『本居宣長《もとおりのりなが》』の最初にちょっと出てきますね。源氏がどうとかいうてね。

白洲 堀口大學とはあんまり合わなかったみたいだけど、折口さんはお好きでしたよ。

前 折口信夫も化け物みたいな人ですよね。保田與重郎の出発は、折口学とドイツ・ローマン派とをまぜあわせた理論という風に思われます。山本健吉さんになったら、もうはっきりと、生涯、折口学の祖述でしたね。晩年の大著『いのちとかたち』には、それが見事に実っておりますね。初期の時代はT・S・エリオットが流行《はや》りましたね。伝統と個人の才能——個人の個性というものは問題じゃないんだ、それよりももっと長い伝統が大事なんだというT・S・エリオットと折口学を用いたのが『柿本人麻呂《かきのもとのひとまろ》』なんかですよ。『芭蕉《ばしょう》』にもその発想が基層にあります。山本健吉の晩年は、沼空《ちょうくう》の生命観に迫っています。無内容という。歌の一番の究極は無内容。神韻縹渺《しんいんひょうびょう》たる。折口さんはいつでも雪をただ掌で握りしめていたら……。

白洲　溶けていくのね。

前　エーテルのようなものだと言われた。

白洲　それでなんにもないという。

前　なんにもない。それは朔太郎《さくたろう》流に言うと、「心霊のパトス」とでもいうべきものでしょう。美の根源を気、気韻というかな、そこのところへ持っていったわけです。それが（藤原）隆信《たかのぶ》の似絵《にせえ》の気韻でもあると……。

白洲　隆信の頼朝《よりとも》への……。重盛《しげもり》と頼朝の似絵のが最初の『いのちとかたち』に……。

前　根津美術館の「那智瀧図《なちたきず》」を見て感動したアンドレ・マルローの話から始まりますね。

白洲　あれはよかった。私もずいぶん読みました。でも、だいたいにおいて、ドキドキするっていうものはあんまりないわね。

前　秀才で緻密《ちみつ》な考証をなさいますが、あまりデーモンのない方だから。

白洲　そうですね。

前　繊細で非常に真面目で、むちゃくちゃなさらないから。吉野へ来たら、無頼派なんですが。

白洲　あっははは。

前　僕が酔っぱらって、ヤマケンさん一緒に飲みに行こうとかいって、夜遅う、僕の家へ来たの、夜中の一時なんですよ。家内、怒ってね、「あんた、毎日、毎日、何うろうろしてるの！」言うたらね、後ろにヤマケン先生が衣紋《えもん》竹みたいに立っていらっしゃる（笑）。家内が慌《あわ》てて、「泊まっていってゆっくりしてください」言うたら、いきなり「奥さん、カセットを出してください」って。私、吉野伝授をしとこうと思います、言うてね。それで、深沈たる山中の静寂の中で「〽上野発の夜行列車降りた時から……」言うて歌い出したんです。続いて、僕は肺が片方だから、もうちょっと落とします言うてね。結局、「おんな港町」と二曲歌われた（笑）。その時の雑談も入ったカセットがありますよ。

白洲　変な吉野伝授ね（笑）。演歌がお好きだったでしょう。

前　ええ、自分は東海林太郎《しょうじ》に似てるやろう言うて……。伴奏もない雨上がりの吉野山の、五郎兵衛《ごろべえ》茶屋の桟敷《さじき》で、毎日のように特訓を受けたんです。むこうの如意輪堂《にょいりんどう》から夕べの梵鐘《ぼんしょう》が聞こえてくるのに、先生が悦に入って頭を振って唄《うた》われるんでした。僕がうまくならないので、後白河院を真似《まね》て、「わが名や折らんずらん」などと言って慨嘆されました。

白洲 一番最後は、いつお会いになったんですか。

前 亡《な》くなる半月前に吉野山へ花見にこられた時です。僕はちょうどあるテレビの仕事で「桜花壇」にいたら、タクシーが入ってきて、中上さんや角川春樹《はるき》さんらが、山本さんをみんなで胴上げするようにして入ってきました。苦しげに目をつむって、真っ青な顔してやって来た。もう死に顔みたいでしたな。奥さんが僕のいることを先生に告げたので、目をとじたままで、「詩歌文学館賞おめでとう」て言うんですよ。別れ際《ぎわ》、「再会を期しましょう」って。厳《おごそ》かな言葉でした。それから、半月後に亡くなりました。

白洲 どこかへご一緒される予定だったんですか。

前 さあ――。詩歌文学館賞の授賞式で、五月に北上市へ行くのを言われたのでしょうか。あの体で翌日、法隆寺の夢殿へ行かれたらしい。命がけの花見はすさまじいものでした。

白洲 角川だかの山本さんの本の広告には、すごく綺麗《きれい》な桜の画《え》が使われてたわね。

前　春は是非吉野に花を見にいらして下さい。山奥ですが……。

白洲　山奥は慣れておりますから。でも先生、おみ足の具合は。

前　もう大丈夫です。昔のようにあんまり跳んだり出来ませんがね。跳躍力はあったんですけどね。すぐしびれるんです。運動不足で。足はうんとのろくなりましたね。

白洲　それでちょうどいいんじゃありませんか（笑）。

骨董三昧《こっとうざんまい》

仲畑貴志《たかし》

一九四七年京都市生まれ。コピーライター・広告ディレクター。「コピーはケンカだ」を旗印に、数々の名コピーを生み出し、国内外の広告賞を総なめにしたヒットメーカー。

一九九一年　白洲邸にて（司会・青柳恵介《あおやぎけいすけ》）

いいものに手が伸びる

青柳　今、仲畑さん骨董《こっとう》が面白くてしようがないという時期ですね。
仲畑　面白いですよ！　もうバリバリですよ！
白洲　あら、いいわねえ。
仲畑　バリバリ、バリバリッ、と音がしていますね。
白洲　ふふふふ（笑）。
仲畑　一年半ぐらい前に青柳さんと対談した、あの段階では根来《ねごろ》なんか見ると「きたねーな、これ！」と言ってたんですよ。今、大好きになっちゃった。古いいい壺《つぼ》があれば、もう壺を被《かぶ》って歩きたいぐらいになっちゃった（笑）。全然わからないけど。
白洲　わかってどうするの？　わかって言葉で説明したってしようがないでしょ。夢？

仲畑　いいものって、他と並ぶとはっきりいいって思うでしょ。人間、いい方がいいですよね。で、こう、手が伸びちゃう。ぼくなんか、もう単純にわがままだけって感じがする。

白洲　みんなそうですよ（笑）。

青柳　いいものに手が伸びるという、その「手」ですよね。「伸びる手の秘密」みたいなものですね。その周辺で結構なので、今日はとびきりわがままなお二人に雑談していただければと……。

白洲　今日は仲畑さんは何をお持ちになったの？　その箱は徳利だな。

仲畑　粉引《こひき》の徳利です。わかんないんです、ぼくはまだ。「きたねーな、これ！」という感じのものなんです。（箱から徳利が現れる）

白洲　これはいいわ！　うん、素敵！（と徳利を手にとる）

仲畑　というようなことなんです。それは。

白洲　この重さ、すごくいいんだ。

仲畑　嬉《うれ》しいような気がする（笑）。まだ、へえーえー、これが？　という感じで。

白洲　背を伸ばして、ようやく届く所にあるというようなものの方が飽きなくていいわよね。お呑《の》みになっているんですか？

仲畑　使ってます。ぼくは酒が好きなので。
青柳　白洲さん、後程この徳利に似合うぐい呑をお出し下さいませんか。
白洲　お似合いのなんて、あまりないですよ。志野かな、志野は似合うでしょう。
仲畑　サイズとテクスチュアというものなんですか、取り合わせというのは？　そのへん全然わかんない。今、いろいろ駆けずり回っているんですが……。
白洲　無駄をたくさん、なさいまして……。
仲畑　避けたいんですけどね。すーっとショートカットしたいなと思って。駄目ですか？
白洲　駄目（笑）。
仲畑　ある尺度を持てるとありがたいですね。ワイン造りのシャトオの息子に、一番いいワイン飲ませ続けて、大きい尺度を舌に持たすでしょ。それと同じようなことかもわかんないですね。
白洲　下からは上がれないんだね。だから比較じゃないのよ。芯《しん》になるものができると後がいいですよね。
仲畑　この徳利買った時、骨董屋さんにぼく聞いたの、ひどいんですが。「これ一等賞ですか？」と。そうしたら、彼困っているんです。「これよりいいものは、はっきり言って、あります」と。「そうか、そっちの方がいいな」って（笑）。これは言うだけのことなんだけれども、何か自分の欲とか、わがままがどこまで至るかという感じになるわけ。

白洲　乱暴な言い方かもしれないけど、この頃の人達って「脅かし」みたいなものがあるでしょ。あれ嫌なのよ。「脅かし」じゃない「わがまま」だったらいい。

仲畑　まあ、ぼくなんか、その「脅かし」の部分が一緒に出ているんだろうけれど（笑）。

白洲　そうですね（笑）。でも、この徳利は「脅かし」じゃない、ちっとも。持ってらっしゃる物、見ればわかりますよ。「これがあなた！」ってことになるのよ。

仲畑　不思議なんだね。行くとあるんだよね。

白洲　運がいいのよ。それとエネルギーなのよね。骨董屋さんもそういうものを感じて、本当は人に見せたくない、だけど見せちゃうみたいなことがあるのよ。これMさんから買ったの？

仲畑　そうです。嬉しかったのは、Mさんが「仲畑さん、ぼくはこれで一回呑みたいんだよ」と言う。その気持って何かすごく嬉しいよね。それで、その辺の料亭でも呑めるけど、どうせならってその時持って帰らず、持って来て頂戴《ちようだい》よ、みたいなことで青柳さんも呼ぼうって、そういう道中が楽しいでしょ。それで家にお二人が来て酒盛りしたら、青柳さんはおどりをおどっちゃうし、Mさんは突如チーズを喰いたいと言い出すし……。それで白洲さんに電話したんですよ、「ワンワン、ワンワン」って。

白洲　（笑）酔っぱらいには慣れております。

骨董は総合芸術でございます

青柳　白洲さん、白隠《はくいん》を見せて下さい。（軸を掛ける）

仲畑　「日々」か。いいですねえ、好きですねえ、これは。大成功ですね。いつ頃お求めになったんですか。

白洲　一昨年ぐらいかな。

仲畑　そんな最近？　まだ白洲さん買ってるんですか？　ずーっとやってきて、まだ（笑）。

白洲　そりゃそうだよ。食べるのやめちゃ、おしまいだもの。

仲畑　ぼくも白隠一つ、若い時のを持ってるけど、つき合うならこういうのがいいなあ。

青柳　おどろおどろしいのが多いけれど……。

白洲　脅かしみたいのは余計ですよ。

仲畑　白隠の豊かな部分が浮かんでますね。

青柳　白隠のこういう部分だけを、スパッともぎ取ってくる白洲さんの膂力《りょりょく》ね、やっぱりわがままですね。

白洲　これでも旦那《だんな》がいたんだからね。よくまあ、我慢してくれたもんだと思って（笑）。壁のあれは鉄斎です。鉄斎さんが台所の戸袋に書いた。あの人ね、どこにでも描きたくなっちゃう人らしくてね。

仲畑　ぼくも一通り、白隠、良寛、鉄斎買ったけど、みんな負けるね、悔しいね。負けるっていうのもおかしいけど、ぼく、まだ勝ち負けでしか測れないんですよ。嫌だな、悔しいな、もう（笑）。

白洲　ま、女には負けとく方がいいでしょう（笑）。でも恐るべきだね、あなたは。今に私なんか死んじゃった後でさ、「あんな奴《やつ》のこと、何だってあんなに感心したんだろう」と思うよ、きっと。

仲畑　字とか絵とか買うでしょ。すると本を買いこんで、日がな一日、酒呑んで、学校でもやらなかった勉強やっちゃうわけ、自主的に。見苦しくもあわれなもんだ。ああでもない、こうでもないと迷いながら……。

青柳　学者の難解な文章を両義的に読んだりして……。

仲畑　やるんだね。フラフラしてるから、あ、そうかと思う時があるんだ。これが恐《こわ》いね。

白洲　それはそれでいいお楽しみで、羨《うらや》ましいみたいなものだけどさ。私なんて、学のないことおびただしいの。白隠なんて男知らないのよ。だけどやたら沢山見てるのよね、白隠の字や絵を。それだけよ。

青柳　そうおっしゃるのを仮にまともに受け取ったとしても、その見てるってこと、すごいことですね。美術書の世界の中でだけで見てるわけではないですもんね、白洲さんの場合は。骨董の中に籠《こも》ってるだけじゃ、なかなかパッと開けない。

仲畑　骨董やってると、最後は家に至るでしょ。

白洲　そうですよ。

仲畑　具合悪いんですよ（笑）。困ってるんですよ。

白洲　総合芸術でございますからね（笑）。

仲畑　要求してくるんだよね、こういう徳利や壺が。ピアノ売っ払っちゃえとか、ここに棚おけとか……。余計なものを排除していくね。こういう奴らは！　環境を要求してくる。

白洲　いろんなものが集って来て、自分の調子ってものが出てくるのね。嫌なものじゃなくても、調子が合わなくて箱にしまいっきりのものもあるし……。

青柳　調子が合って我がものになるんでしょうねえ。

仲畑　不思議ですねえ。何だろう。いいもの持ってても自分のものになってない人、沢山いるもんねえ。

白洲　青山二郎さんがね、発見っていうのは、自分の中に既にあるから発見できるんだと言ってるの。面白いね。まだ、現実にはものがないのよ、だけどそれは自分の中にあるのよ。いきなり発見じゃないのよ。

仲畑　何だ！　これだったんだ、ってやつ。一発で勝負ついちゃうものね。「わあーよかった、これなんだよね！」って。有り難い。

青柳　自分がないってことは、発見がないってことですね。

白洲　そうですよ。発見って自分を発見することですよ。

仲畑　青山さんて、機嫌よく遊んでいたという感じですか？

白洲　機嫌いいですよ。だけどやっぱり、ふとした時に、実に寒々とした感じがあったわね。醒《さ》めてるんだ。わいわい言ってるんですよ、でも、ほら「天使が通る」という時なんかにね、ああいう瞬間にね……。

仲畑　俗に言う、見えてしまった者の悲しみ、というようなもの？

白洲　ええ、見えた者のつらさ。そのつらさが出て来ないと本当に見えたって言えないんじゃないかと私は思うの。人にはすすめられませんね。

仲畑　Uターンしようかな（笑）。でもできないだろうな、もう。

白洲　いいじゃないの、最後どうなろうと。

仲畑　ぼく、手相なんか見て貰《もら》うと「数奇な運命たどります」って言われるんだよね。

白洲　だって索漠を楽しむってことだってあるじゃない。寂しさがなかったらどんなにつまらないだろう、というようなこと、西行さんも言うしさ。そこに行けばいいんですよ。どうせ齢《とし》取るんだから。

仲畑　ごもっとも。本音はトホホ！

青柳　酒呑みましょうか。

白洲　今日は鴨鍋《かもなべ》よ。

仲畑　対談はいいの？

青柳　呑みながらにしましょうよ。

色好みと色知り

仲畑　これ唐津？　これ志野？　悔しいなあ。その刷毛目《はけめ》の徳利もいいねえ。
白洲　よほど使ったんだろうと思う。その徳利は。
仲畑　こっちは大人しい徳利ね（無地刷毛目徳利）。切ないな。
白洲　困ることに、私、息子がおりましてね、時々買いに来るんです、私の所に。
仲畑　買いに？　お好きなんですね。そりゃいいですねえ。
白洲　楽しいけど、貰われちゃうのよ。それだからもう一寸《ちよつと》いい物あったんだけどね、息子の所へ行っちゃってね。徳利と盃《さかずき》ほど、ぴったりしたものがないものはないわよ。
仲畑　気に入ったものは手放さないですものね。でも、骨董って、友達なんかに「面白いよ」と言っても、その人に鍵穴《かぎあな》がないと、いくら差し込んでも駄目ですね。
白洲　そう。それは別世界の人。
仲畑　金稼いで持ってやがるからさ、この野郎、メチャクチャ蕩尽《とうじん》させてやろうと思って、骨董屋に一緒に行っても、駄目なんだな。
白洲　電話で初めて話す人でも、話を聞いてると、「あ、これは鍵穴」とわかるわ。

その人がたまたま骨董《こっとう》に興味がなくてもね。

青柳 鍵穴って、色好みじゃないですか。仲畑さん、色好みについて喋《しゃべ》って下さい。

仲畑 人間の人間に対する興味かなあ。自然の景色見てたって、まんまある自然に、見る人が何かを託してそこに見るでしょ。

白洲 カメラで言えば、レンズのこっち側。

仲畑 そう。だから骨董も擬人化するのが一番簡単。野武士のような壺《つぼ》とか、野武士を見たことがないのに（笑）。人間てわからないものね。

それと、不自由って工夫が生まれるでしょ。工夫って心遣いなんだと思うの。うちの会社の新入社員採るときね、試験はこんなことをやるんです。「東京駅にぼくのお祖父《じい》さんが着きました。丸の内側の公衆電話から、国会議事堂に行くにはどうしたらいいか？って聞かれました。これを電話で教えて下さい」と。これが試験なの。正解も間違いもない。着くまでのプロセスをどれだけ思いやるかなんです。タクシー乗り場がありますから「国会議事堂！」と言えば着きますよ。これでもマルよね。だけど田舎から出て来たお祖父さんが、そこまで行くのに時間もお金もどれくらいかかるか、と。空《す》いていれば五分、もしかしたら十五分と言ってあげることもできる。ワンメーターか、せいぜい千五百円と言うこともできる。お祖父さんにね、右に皇居があって、石垣がきれいですよ、その方が付加価値がつく。きりないんだ、これ。また、馬鹿《ばか》がいて「角曲がると左に猫が座ってます」なんて（笑）。過剰も駄目だし、思いやりのないのも駄目。それをある所でパン！　と言った奴が一等賞。

白洲　それね、世阿弥《ぜあみ》に言わせると、「色好み」じゃなくて、「色知り」だ。「色好み」というのはもっと頭じゃなくて……。

仲畑　その試験結構面白い。それともう一個やるのは、瞬発力というか、フットワーク。輪ゴム一つ与えて、これでできることを数多く言ってみて、と。メガネの何とかとか、ガムの代りに噛《か》むとか、さ。

青柳　色好みから逃げられちゃった感じがしますね（笑）。

白洲　そうよねえ。狡《ずる》いねえ。色知りになっちゃった。

青柳　仲畑さんは知能犯なんですよ。

白洲　そうよ。はじめっから、それはわかった（笑）。本性語らずだな。

仲畑　生まれが京都ですから。

白洲　そうそう。魔性の者の所だ。それでやたら喋るのよね（笑）。

仲畑　煙幕、煙幕。

青柳　崩れて行く女性の魅力なんていう話を聞きたいけれど。

白洲　難しいことね。型にはまった形じゃ駄目だけれど。退廃しきっちゃ、水になっちゃうでしょう。崩れかかった所で、我慢してるような形ね。

仲畑　その我慢というのがいいですね。退廃したら、またそれはそれで楽なんだけれど、その一歩手前で我慢してるという……。切ないし、またそこに色気が出るんだろうね。

青柳　今のやきもの作っている人、その我慢が足りないと思うな。我慢してることを早くわかって貰いたくて、定型か、崩れちゃうか、どっちかにおさまってしまうんですよ。古くて選ばれたものは、間《あわい》のものですよね。

ちゃっかりで面白いもの

仲畑　うちの事務所のキャッチフレーズはね、「上手《うま》い、速い、高い」というの（笑）。でっかい企業の総務のおっさんが怒るんだ、領収書の裏にそのハンコを押すと。「だけど上手い、遅い、安い」じゃ本当は役に立たないでしょ。

白洲　ははは（笑）。

仲畑　骨董やってると、「ああ、これいいなあ」と思うでしょ。安きゃいいなあ、と思う。ところが、いいと思うものはちゃっかり高いんだ、これが。ある意味じゃ、人を信用できる世界だな。

青柳　「ちゃっかり」というのは、仲畑さんに初めてお目にかかった時から、よく口に出てた言葉ですね。既存のものの捉《とら》え方を、「ちゃっかり」という副詞で仲畑さんは受けとめてる感じですね。

白洲　それもやっぱり京都ですねえ（笑）。

仲畑　子供のとき、と言ってもティーンエージャーになってからは京都がいやで出たくてしょうがなかった。それで出てみると、またいい部分を発見したりして。雨の音が違うんだものね、複雑なの。屋根が入りくんでちまちましてるでしょ。なんかそういうの、すごく切ないね。とても高く見えた京都御所の石垣が、今見ると低いんだよね。

白洲　京都は変らないけど、新し物好きでね。祇園《ぎおん》なんかでもチーンという電子レンジをさっと買う。「便利どっせえ」だなんて言っちゃって。そうして、内心、馬鹿にしてんのよ。

仲畑　はははは（笑）。

白洲　私、ちゃっかりで面白いものいっぱい持ってるから。今日はもう出さないけどね。今度はちゃっかりで安いのもやりましょ。

仲畑　いや、今日は気持いい。親分がいるから。

白洲　私、親分なんかじゃない。

仲畑　親分なんて言っちゃ失礼ですが、何か心楽しい。今日、あの白隠見てね、最近お買いになったんでしょ。白洲さんは、もういいやといった心境だと思ったんですよ。それがまだまだ。嬉《うれ》しいショックだったな。ものとまともにつき合ってる人って、今、少ないですもの。ぼく、やりまっせ、もう。

白洲　「枯れる」ってよく言うでしょ。利休の時代に言ってる意味と随分違っちゃってるんじゃないかと思う。あれは、もう少しゆっくりとか、ゆったりとかいう意味じゃないかしら。

仲畑　あの時代にあって、彼は大忙しの人でしょ。もうちょっと時間のウェーブを豊かに眺めようよ、呼吸を穏やかにしてということだったんでしょうね。

白洲　それから「侘《わ》び」だってね、あれきっとみんな違うんだ。

仲畑　お題目になっちゃつまりませんよ。ぼくなんか、白洲さんのとこで今日こうして鴨食って酒呑《の》んで、いいもの眺めて、至福じゃん！　おもろいじゃんよォ！　て。それだけ。見ているだけでいいな。見る陶器。鑑賞陶器。国立博物館みたいなこと言ってる。
白洲　いい調子になってしまった！
仲畑　ぼく、まだ本当にわからない。
青柳　物に対して物わかりがよくなっちゃいけないいんだな。
仲畑　それ、いいね。
白洲　どんどん吸い込むなんてものは、明日の朝になると、軽蔑《けいべつ》してるでしょ、大体。
仲畑　そうね。行くだけ行くしかないな。白洲さん、今日は本当にありがとうございました。帰ったらまた俺の白隠見ようかな。
白洲　お楽しみ。

トマソン風座談

尾《お》辻《つじ》克《かつ》彦《ひこ》

九ページ参照

一九九二年　白洲邸にて

京都をあんな風にしたのは……

白洲　尾辻さんがやってらっしゃる「トマソン」や「路上観察」、私いつも面白いと思っているのよ。日本のお茶とか建築、ああいうものと何か共通するものがあるでしょう。この間、ある美術雑誌で見たのだけど、古い朝鮮の家の写真があってね、それと同じ感じを受けたの。

尾辻　何でしょう、それは。

白洲　日本のお茶が直接真似《まね》たわけじゃないと思うけども、おのずからそれになっちゃってるのよ。そりゃまあお茶の専門家はいろんなこと言うわよ。茶室の建築のもとは朝鮮からとってきたとか、しまいには利休が朝鮮人になっちゃったりなんかするのよね。でもそうじゃないの。似てはいるんだけど、日本のが洗練されてんですよ。あれとはまた違うもんなのよ。

尾辻 どういう建物なんですか。

白洲 それこそ無用な、梁《はり》みたいなものが壁に埋め込んである。その木がなんかいい工合にねじくれたりしてるんですよ。木自体がこう、ねじれてるみたいにクネクネッと。あれはやっぱり埋め込むのが好きな民族じゃないかなという感じがあるんですけどね。土塀でも石だとかちゃっちゃっちゃっちゃっと埋め込んである。ほんとに象嵌《ぞうがん》の感じで。

尾辻 日本と似ててちょっと違うっていう、あれは面白いですね。同じ麦わら屋根でもそうだし。

白洲 だって日本のお茶は今どうしようもないじゃない。今に正岡子規を真似て「茶人に与ふる書」っていうのをやろうかと思ってるのよ。

尾辻 爆弾ですね（笑）。

白洲 そうなの、ぶっ壊すのよ（笑）。ぶっ壊すだけじゃ、た易《やす》くてつまらないんだけども、とにかくあれじゃ利休さんに申し訳ない。

尾辻 この前、何かで白洲さんのエッセイ拝見しましたよ、来たんですってね、凄《すご》いのが。

白洲 そうそう、勧進帳みたいな巻物の、物凄い抗議の手紙。「週刊新潮」の京都特集のインタビューで、裏千家の批判をしたのよ、私。「今の京都をあんな風にしたのは、裏千家が悪い」ってね。裏千家の編集部の人が気を使ってくれたのか、言ったことの半分も載らなかったんだけど、それでも、気に入らなかったんでしょ。「先生がそんなことをおっしゃるなんて」と、半分脅しみたいな文章なの。それも、事務局長かなんだか、全然知らない人なのよ。それで、「週刊新潮」に、「ちょっとこんなのが来たわよ」って電話したの。

尾辻　それが週刊誌の見出しになった……。

白洲　そう、「白洲正子、大いに怒る」ってやつよ。それは奉書の紙に書いて来たのよ。それで何を文句言って来たんだろうって読んだら、結局みんな責任逃れなのよ。会館にシャンデリアをつけたのは自分じゃなくて建築屋がそうしろと言ったからだとか、それから外国からの客人にフランス料理を食べさせるのは、京都へ来てフランス料理も珍しいだろうって外務省が言ったとか……意味ないじゃないの、そんなこと。もうだめね、お茶の世界もバブルと同じ。だから、いま「茶人に与ふる書」をやりたいわけ。あなたも、参加しません？

尾辻　僕はですね、床の間をつくって、それで、真っ白な掛軸を掛けて、そこに「トマソン」のスライドを写しながらお茶会をやりたいな（笑）。

白洲　そりゃいいわよ。あなたの丸いお茶室——。
尾辻　ああ、楕円《だえん》の、あれと組み合わせてもいいですね。それで、お客さんによってスライドのしつらえを変えて。
白洲　そうそう。ただの悪口じゃつまんないから、こうなさったらどうでしょうというようなことで。
　京都に関して言えば、どうも私が見たところ、新しいどの建築も「景色」を利用してないんだ。京都の、あの景色を取り入れればいくらでもいいものができるはずなのに。
尾辻　今やってるのはどうも机の上のことなんですよ。現場の感覚がない。だから建物だけが浮き上がっちゃって、そこにぽつねんと置かれる感じになる。
白洲　借景みたいなことを考えりゃいいのよね。借景といっても自分がその中へ入っちゃうほうを。
尾辻　京都駅っていうのはみんな逃げるために、採用されない案をつくったとかいうでしょう。特に安藤忠雄《ただお》なんか。あんな所に現代ふうのビルをつくったらもう総スカンを食う（笑）。
白洲　その辺の事情は、よく知らないわ。

尾辻　ぼくらの路上観察学会の仲間の藤森照信《てるのぶ》さんに聞いたんですけど、世界中から批判されるに決まってるんで、みんなできるだけ不可能案を出したとか。
白洲　なに建てたってもう驚かないわよ。いっそ、全部地下室にしたらいいのに（笑）。
二、三年くらい前に、土地規制が、法律的に高さが変わったんでしょ。それで高いのを建ててもいいという話になった。変だわよ。
尾辻　企業としては高くしたくてうずうずしてる。
白洲　それでずるいのよ、結局順々になっていくの。京都ホテルが十何階建てると、隣の市庁がまた……。
尾辻　もっと高くする。
白洲　京都ホテルが建てたじゃないかって言うわけ。だから、もう何てことありゃしない。
尾辻　安藤さんのはとにかく発想がすごかったですからね。プラットホームの上を全部、屋上庭園にして、あそこに全部木を植えて、そこからいわゆる京都の街を一望できるような状態にしようと。
白洲　京都の街見たって何ていうことないわよ（笑）。今さら見たって西洋館ばっかりでもって。第一、京都タワーが見えるし。あのタワーを建てたとき、倉敷の大原（総一郎）さんが来たんで、京都ホテルの社長が大得意で見せに行ったら、「ああ、ここはいいですね」って言うんだって。それで喜んだら、「ここからは変な建物が一つも見えないからね」って言われたっていう話よ（笑）。

尾辻　あの京都タワーって、何だかぼく昔の衛生博覧会を思い出しちゃうんですよ（笑）。子供は見ちゃいけないような、変な大人だけ見ていいような（笑）。

白洲　何だっていいんだもん、関西の人は新しければ。法華寺《ほっけじ》の十一面観音なんかね、本物をいちいち見せると大変でしょう、よごれるし傷《いた》むし。それで最近誰かに新しい御前立を作らせたのよ。そしたら、そっちのほうが人気がでちゃって（笑）。新しくってきれいだからだって。せいぜいそっちで稼ぎなさいよって言っといた。

トマソン的なあまりにトマソン的な

白洲　「トマソン」っていう名前の由来は、たしか野球の選手……。

尾辻　そうです。十何年か前に巨人軍にいたゲーリー・トマソン外野手。「無用の長物」ということで、それを敬愛しながら名付けたんですが、今頃どうしてるんでしょうかねえ。

白洲　自分の名前が、こんな風に残っていることを、御存知なのかしら。

尾辻　いやあ、知らないでしょう。冗談で、説明に行こうかとも思ったのですが、ムリですね。ちょっとわかってもらえないでしょう、やっぱり（笑）。

白洲　なんて説明すればいいでしょうね。日本の文化というものを古代から遡《さかのぼ》って……。ちょっとわかってもらえそうにないわねえ。もっとも、それがわかるようじゃ、「トマソン」じゃないわね（笑）。

尾辻　とにかく説明するには一日じゃ済まないですね。僕、前に千円札の事件があったでしょ（注・千円札を模写した作品で、通貨及証券模造取締法違反に問われた）。あの時、警視庁で千円札の作品の説明をするのに、六日間かかった。

白洲　六日間！（笑）

尾辻　警視庁の刑事ってまあ普通のおじさんだから、結局、原始絵画から言うしかないんですよね、絵の根本のところから。富士山ならちゃんとそっくりに描いても面倒なことないんですよ。ちゃんと絵だと思ってくれる。でも千円札になるとねえ。しかも印刷で。

白洲　そうか、それで六日間（笑）。お疲れさま。

尾辻　まあ、刑事のおじさんの場合はまだ日本人だから、ある微妙な共通のニュアンスが伝わるんだけど、トマソン選手は……。

白洲　ツーカーってものがないからねえ。

尾辻　文化の、お互いの好みの違いとか、そこからはじめなくちゃならない。たとえば日本人なんて、もとは、向こうに比べたら遠慮がちな人びとでしょう。そういうこととか喋《しゃべ》ってたら何日かかるかなあ（笑）。

白洲　あんまり自分を出したくないとかっていうとこから始めちゃって。

尾辻　日本人は自然のものを受け入れるという姿勢で、向こうは征服するという心でしょう。それはいちばん難しいとこだと思う。

白洲　路上観察学会には外国人はいるの？

尾辻　もう七年ぐらい前になるけど、初めて外国へ行って、イギリスだけど、そこでわりと絵の好きなような人たちを集めて、二十人ぐらいでスライドの上映会をやったら、面白がって結構笑ってはいましたね。

白洲　このおかしさはわかるのね。

尾辻　一人、彫刻家の人がすっかり染まっちゃって、街を歩きながら、「あ、トマソン」とか言ってた（笑）。でも最初に東京で日仏交流の文化人会議みたいなのがあって、僕の番の時に「トマソン」のスライドをやったんですね。今こういうことをやってるんだと。それでそのスライドのときには結構笑ってくれるんですけど、さて何か議論するっていう段になると全然無視。というか、結局、関わりにくいことなんですよね、とくに議論の世界にはね。
白洲　おかしいことはおかしいんだけど、それを論じるところまで行かない。それを体系づける何かがわかんない。
尾辻　日本のものって特にそうですよね。
白洲　そうです。
尾辻　だいたい日本の文化というのは、素晴らしいものほど説明できない。そのとき初めてつくづく、そう感じましたね。だから議論というのはむしろ西洋的なやりとりなんだって。
白洲　河合隼雄《かわいはやお》さんもおっしゃっていたけど、言葉で言い表せないことは嘘《うそ》なんだっていう思想なんでしょ。黙ってることはそれはにせものだと。そうすると大変なことだわよね。それで河合さんはいつも苦労して英語で講演なさるらしいんだけれども……それが大変だって言ってらした。何とか説明しなくちゃならない。
尾辻　そこが難しいですよね。うまく合致させるというのは。

白洲　それでやっぱり最後にはもう面倒くさくなって、「あなた明日死にますよ」と言われれば「はい、はい」って言うだろうって本に書いてあったからおかしかった（笑）。

確かに英語なりフランス語なり、私の知ってる限り一般的な外国語って日本語に比べて文法的に明快だし、主語、述語、肯定、否定がはっきりしていて、語尾が曖昧《あいまい》になったりしないぶん、議論するのに適しているとはいえるけれど、文字そのものは不便よね。アルファベットなんかひとつひとつに意味なんてありゃしない。ひと塊になってようやくだから、いちいち読まなきゃいけなくて、めんどうね。その点、日本語は、特に漢字だけど、便利よね。一目で意味がわかる。

尾辻　象形文字は強いんです。

白洲　私ね、時々字引を読んでるんだけど、たまんなく面白い字があるわね。漢字よ。人偏に龍って書くと「いまだ龍にならざる人」なんだって。

尾辻　人偏に龍？　おれみたいな（笑）。

白洲　他にもいっぱいあるわよ。だから漢和字典が面白い。「矛盾」なんて矛と盾でしょう。あれもはじめ矛盾って言葉は知ってるんだけど、矛と盾、考えたことなかったら覚えられないのね、字が。

尾辻　ほかにあんまり使わないですからね。

白洲　それでああ何だ、矛と盾かと思ったら忘れないようになったけども。

尾辻　昔、宮武《みやたけ》外骨って人が絵文字というのをやってて、わりと冗談も交えながら絵で分解してるんです。それが面白くって。たとえば「閃《ひらめ》く」なんていうのは門構えに人ですね。それが合体して「閃く」っていうんで、門の絵、武士の刀を持ってる絵と、それから白刃《はくじん》がひらめいてる絵、まあ討ち入りですね（笑）。実感があるんですよ、感触が。

白洲　「滑稽《こっけい》新聞」ね。

尾辻　現実感覚からやってるからすごく面白いんです。明治の終わり頃ですけどね。自分なりにいろいろ考えてる。あんまり学術的にやっちゃうとちょっと。

白洲　そうするとつまんなくなるから。

尾辻　勘でやる方がいい。

白洲　小さいときからそういうことで教えれば、ずいぶんみんな漢字を覚えるだろうに……。ほかの言葉も覚えたがるでしょう、自分で字引見て。

尾辻　そうです。面白ければ感覚が開くからどんどん覚える。無理やり入れると絶対閉じちゃうんですよ。だから自分なりに考えて納得する。たとえば「悶《もだ》える」なんて、門構えの中に心。あれは見てるだけでほんとになんか悶々《もんもん》としてくる（笑）。

白洲　寝られない（笑）。

尾辻　あと僕が好きなのは門構えの中に音、「闇《やみ》」っていう字。要するに音っていうのは見えないですからね。門の中に音だけあるというのがじつに闇なんです。あれはじつにいいんですよ。

白洲　そうですね。

尾辻　僕がかかわっている「ヒッポ」、言語交流研究所というところがあるんですけど、要するにそこでは多言語世界というのに取り組んでいるんです。そこの親玉の榊《さかき》原陽《ばらよう》さんが言ってたんですけど、聖徳太子《しょうとくたいし》はなぜ聖なのかということをずーっと考えてて、わかったというんですよね。「聖」という字は「耳、口、王」って書いてますね。じつは聖徳太子は多言語の使い手だったんじゃないかと。あの頃は、韓国、中国の他に南からも来るし、多言語の場としてあって、よく八人の話を同時に聞けるとか言われているけれど、それはそういうことのたとえなんじゃないかと。聖徳太子というのはまさに多言語の王様のシンボルなんだっていう。あれはじつに面白かった。

他にも、たとえば「意」って字がありますね。心の上に音なんですよ。「意」というのは心が音の下に隠れてるっていう。それで心が外に出るときは音を押し開けて、音となって出てくる。それで言葉になると。そう思って見ると、「意」ってすごく面白いんですね。まだ外に出てないもの、押さえられている。これはじつにドラマティックで、ダイナミックで。

白洲　そういう面白いことは学校で教えないからね。

脳内リゾート開発のススメ

尾辻　学校の話では、じつは僕はいま、カルチャーセンターで講師やっていて、講座名は、「脳内リゾート開発」というんです。

白洲　いいね、それ（笑）。

尾辻　人間の外の、地面とか開発せずに、頭の中を開発するんです。「侘《わ》び」とかも結局はそうですよね、あれはやっぱり脳内リゾート開発というか、ものの見方をいろいろ開発していくということですよね。一生懸命「つくる」というんじゃなくて、見て選ぶというか。

白洲　見て選ぶのもあるけど、ずっと経験してそこへ行っちゃうというの。

尾辻　いや応なく。

白洲 そう、その間にいろいろあるんですよね。
尾辻 つくることもあったし。
白洲 枯れたものもあったし、それから洒落《しやれ》たものもあったし。だけど最後に行き着くところはどうしてもそこなのよ、本来なら。
尾辻 僕なんかはすごい短時間のことだけど、路上観察とかしていって、結局、何か見つけるたびに自分の頭の中がどんどん広がってきてるという感じがすごくするんですよ。いわゆるアートっていうのは何かつくって見せるということだけど、それとはちょっと違う。
白洲 それを目がけたらもう失敗する。
尾辻 そこが難しいとこですよね。侘びとか寂びの境地とかいうけど、僕には縁がないと思ってたんです。僕らの頭は半分西洋を向いているから。西洋風のものってとにかく理詰めでつくるというか、そういうところがあって。そうではなくて日常のものをたとえばそのままポッと持ってきて、あ、これは面白いとかいうのは、結局こっちの自分の見方を変えるわけでしょう。頭の中でのリゾート開発というか（笑）。路上観察をやってるとほんとにそういう実感があるんですよ。あ、面白いと思って、なんでこれが面白いのかというのは、最初、自分でもわかんないんですよね。そういうことが重なっていくとだんだん、つくるんではなくて自然にあるものこそが面白い。

白洲　いつも頭を柔らかくしておかないと、発見できないってことね。

尾辻　それを見つける面白さといいますかね。だから脳内リゾート開発という言葉が好きなのは、リゾート開発という本来の言葉そのままと対比させるからじつによくわかるんです。頭の中で広げていくっていう。で、そのときに気持ちの問題というのが出てくるんですね。結局、気持ちのいいものがいいっていうか。これは難しいけどね。

白洲　なんかほっとするとかね。

尾辻　それをまた言葉だけで解釈すると別になる、ちょっとずれていっちゃうんだけど。

白洲　まあ言葉って面倒くさい！（笑）何とでもとれるからね。

尾辻　言葉にだまされるっていうのがやっぱりありますね。それが面倒なんで。

白洲　梅原猛《たけし》なんて人は言葉に乗せるね。

尾辻　乗せる名人。

白洲　名人とまで行かない（笑）。乗らされるんじゃないかしら。御自分が神憑《かみがか》り的なの。あの方は書くとだめなんですってね。手がついていかない、頭の中でできちゃってるから。だから口述筆記。でもそれじゃちょっと違うと思うのよね、何だか。なぜって、私の場合は——もちろん私だけじゃないけど——何か書いてるうちに、はじめ考えたのと違ってきちゃうのよ。

尾辻 ああ、それはよくある。

白洲 出来上がったものはたいがい違う。

尾辻 何か漠然と思っていたことが書いていくうちに、自分の言葉に教えられるっていうことがありますね。

白洲 向こうからね。

尾辻 あれは不思議だな。形にするとその周りがちょっと見えてきて、それをまた形にして、だんだん見えてくる。

白洲 そうなの。まことにそう。

尾辻 梅原さんのはそれとはまた違うんですね。

白洲 違うのよ。あれ、脳の中で全部できちゃう。脳内完結（笑）。

尾辻 イタコ的な。自分が受皿というか、言葉の管みたいな。

白洲 それを信じてるから、これは強いですよ。疑ったらもうたちまち崩れるけどね。

尾辻 白洲さんは口述筆記はだめなんですか。

白洲 全然だめです。

尾辻　僕もそうだな。しゃべることと、思うことと、書くことって、まったく別なんでしょうね、回路が。

白洲　何か「降りてくる」っていうのはみんなそうだと思うんですけれども、書くという作業において降りてくるんだと思うんですよね。前登志夫さんと、以前そういう話をしたんですけど。あの方なんかも、全然書けなくていて、ある夜、突然ふっと何か降りてくる瞬間があるらしいんですよ。それは神憑りと似てるんだけど、また違う。

尾辻　降りたものをそのまま出せばいい場合と、そうじゃない場合とがあるし。梅原さんなんか強烈で、それは出せばいいというほうに行ったのかもしんないですね。

白洲　強烈も強烈。あの方、我慢できないとこがあるのよ。大変な自信だわね。そのエネルギーの放射が読者をひきつけるのね。

尾辻　それはわかるけど、こっちは実感はできないですね。よほどその出てくる力を信じるか、あるいは普通に言うと何かに自信を持ってるというか、そうじゃないとだめでしょう。僕なんかたとえば講演をするときに、あることを言おうとしてて、こう言うと必ず誤解されるから、その補足を先に言っちゃうとか（笑）。気が弱いんですよ。ドーンと言いたいことを言えばいいんだけど、こうとられかねないからこっちからっていうんで補足ばっかり言って、全然……。聴いてる人は何を言ってるのかわかんないんじゃないかと。

趣味が一番

尾辻　「脳内リゾート開発」の講義でも使ってるんですが、ちょっと、これをご覧になって下さい（双眼鏡のようなものを渡す）。ビューワーっていうんですが、3Dの、つまり立体写真を見るための機械なんです。ここをほら、こう回して。一種お濃茶をいただくっていう感じで（笑）。

白洲　（のぞきながら）ああ、わかる、わかる。大変よく見える。

尾辻　あじさいが見えるでしょう。

白洲　ええ、よく見えます。――ところでこれ、何が立体なの？

尾辻　あれっ、立体に見えないですか（笑）。

白洲　ごめんなさい、見えます、見えます（笑）。これは、特殊なカメラで撮ったの？

尾辻　ええ、今日は持ってこなかったけど、レンズが二つあるカメラです。ビューワーの中にはスライドが二枚入ってるんですが、少し位置がずれてるでしょう。

白洲　つまり肉眼に一番近いってわけね。

尾辻　その立体感が具合によって快い立体感と、見てもしょうがない立体感があったり……。

白洲　肉眼だったら見なくてもいいものもあるし（笑）。

尾辻　この距離感を楽しむって感じ。透視訓練によって、こういう機械はなくても、二枚の写真を並べて裸眼で睨《にら》んでいるうちに、パアッと立体に見えるという技もできるようになるんですよ。でも、これも人によるみたい。僕なんかもはじめは難しかったけど、はじめて見えたときの感動は凄《すご》い。何度やってもだめな人もいるんです。

白洲　こうなると感覚の問題だわね。

尾辻　この写真は京都の織部《おりべ》の、藪内《やぶのうち》の燕庵《えんなん》をお訪ねしたとき、庭を撮ったものです。あすこの貴人席っていうんですか、待合の、煙草《たばこ》盆がこう置いてあって。たぶんそこを立体で撮ったのは初めてじゃないかと思うんですけどね（笑）。普通の写真ではいっぱいあるんでしょうが。

白洲　日本のこういうものっていうのはこたえられないわね、奥が深くて。

尾辻　立体写真はなかなか楽しくて、また病み付きになっちゃうんですよ。

白洲　被写体が大変でしょう。

尾辻　いいと思って撮っても、フィルム一本のうちに一点いいのがあるかどうかですね。いざ見るとなんかつまんなかったりとか。一応今日は名品だけを持ってきてるんですが（笑）。

白洲　でも写真のよさっていうのはそういうもんですよね。でもこういう特殊なカメラは、かなりお値段高いんでしょう。

尾辻　いや、案外安いですよ。まあ四、五万ぐらい。中古カメラで、五〇年代のです。そのかわり露出を自分でいちいち計ってやんないといけない。だから慣れるまでが難しい。慣れちゃうともう……。

白洲　たまらない（笑）。

尾辻　カメラ自体がまた好きなんです。写真も好きだけど。最近だんだんまた中古カメラのほうに足を踏み入れているんです。

白洲　カメラ・フェチ、ね（笑）。

尾辻　病気です（笑）。カメラは五〇年代ぐらいがいちばん面白いですね。

白洲　私は写真写すのが好きでね、ずーっとライカだったんですよ。古くて皆が欲しがるやつ。それは図版のために撮ってたの。つまり雑誌や本に載せる場合、私の角度で撮ってほしいから、これをこういうふうに撮ってくれろと、カメラマンに注文するのよ。

尾辻　写真監督みたいな。

白洲　結局、構図よ。カメラマンは時どき変なことやるからね。でもそうすると、今度は私が写真の方にやっぱり囚《とら》われるんです。だから、そのうちよしてしまった。

尾辻　その関係は難しいですね、ほんとに。出合いがしらというのがなくなるんでしょうね。

白洲　私、こっちんこっちんの写真って大嫌い。「こんな写真じゃ、あたし書かない」って言って、いつか突っ返したの。藤《ふじ》の花を活《い》けたんだけど、真っ黒のバックにガチッとそれを撮っちゃって……。そうすると藤の花のよさなんて何にもないのよね。ひどいオブジェになっちゃう。そうじゃなくて揺れてるような感じでしょう、藤っていうのはね。藤でなくても、花はみんなはかないものでしょう。それをがっちりした物みたいに撮る。風なんか吹いても絶対ゆるがない。

尾辻　物にまつわるものというのがわからないんだ。

白洲　でもあなたの写真は、普通の写真家とずいぶん目の付けどころが違うわね。

尾辻　僕はプロじゃないですから。ただの趣味。仕事で撮る人の写真とは、また違いますよ。でも最近はやっぱり趣味がいいんだと思えるようになりました。若い頃は

「趣味なんて」と言ってたんですけれどね。

白洲　お茶なんかも本来はそうですもの。昔は戦争の方が本職で、お茶は趣味だったし、遊びだった。それを本職にしちゃうから、シャンデリアで勝負しようってことになっちゃう。

これがほんとのお茶でござる

白洲　そうそう、面白いもの見せて戴《いただ》いたから、こちらも一つお見せしたいものがあるわ。こないだ買ったの。それこそしょうもないお茶碗《ちゃわん》よ。毎日毎日これでお茶点《た》てるの面倒くさいもので、お粥《かゆ》入れて食べてたの。一日中、この茶碗のために。おかげですっかり体力がなくなっちゃった（笑）。

尾辻　（茶碗を持って）ああ、いいなあ。

白洲　たまんないのよ。私にとってこれはあなたの、トマソンとか立体写真とおんなじ。朝鮮ですけどね。李朝《りちょう》の古いとこ。

尾辻　ほう。

白洲　どうぞこれでお茶でも召し上がって。下手物《げてもの》だと思ってるから茶人は使わないけどね。

白洲　どこで見つけられたんですか。

尾辻　見つけるのは京都です。「柳」ってよく知ってる骨董《こっとう》屋さんがいて。めったに見せてくれないで、この人ならわかると思うと見せてくれる。骨董屋との付き合いって、そういう点じゃずいぶん凝ってますよ。

白洲　最近、中古カメラ屋さんを巡ってるでしょう。新宿の繁華街のど真ん中に変な中古カメラ屋のおやじさんがいて、いいものがたくさんあるけど値段書いてないんですよ。あれ、おかしいなと思ったら……。

尾辻　隠してあったのを奥から出してきたりね。

白洲　ええ。最近は金はみんな持ってるくせにカメラのことを知らないやつが買いにくるっていうんで腹立てちゃってる。だから値段を書かない。

尾辻　骨董と同じだわ。

白洲　本当に好きなやつにだけ売りたいんだって……。こういう古いカメラというのは、好きな人に売らないと捨てられちゃうからねって。

尾辻　これ、朝鮮でしょ。朝鮮が唐津に来て日本のものになったっていうようなとこがあってね。粉引《こひき》なんですよ、土台は。先程の茶室と同じ感じですね。

尾辻　うん、これで飲むと感触がいいなあ。

白洲　（お茶の残りを飲み干して）お茶の回し飲みだなんて、これがほんとのお茶でござる（笑）。

尾辻　（茶碗を回しながら）絵が遊んでるようで面白いですね。

白洲　アザミだか何だかの花ね。あなたのトマソンと感じが似てるでしょ。ほんとは無地がいちばんいいんですけどね。

尾辻　あ、そうですか。

白洲　無地だと「景色」があって、絵がないから、いろいろ想像できるでしょう。

尾辻　ビールついでもいいんじゃないかな。いや昔のどぶろくの方がいいかな。

白洲　いろんなものに使うんですよ、私も。何したっていいの。決まりなんてないんだから。花を活けてもいいし、お菓子を入れてもいい。何しろ無用の長物なんだから（笑）。「トマソン」だって同じことでしょ。

尾辻　そうですけれど、うーん、これも、トマソン選手には説明できないなあ（笑）。

自分の時間

青柳恵介《あおやぎけいすけ》

一九五〇年東京生まれ。国文学研究家。学生の頃から骨董《こっとう》に親しみ、古美術や工芸に関するエッセイを各誌に著す。

一九九三年　白洲邸にて

目智《もくち》相応《そうおう》と田舎《いなか》目きき

青柳　白洲さん、お風邪はもうよろしいんですか。
白洲　ええ、有り難うございます。大分良くなりました。
青柳　ところで先日の「朝日新聞」の記事（「心《しん》よりいでくる能」・一九九三年四月二十三日夕刊）で「惣《そう》じて、目ききばかりにて、能を知らぬ人もあり」と書かれていますが、あれは能のことに限りませんね。
白洲　そう、全部のことに通じます。お茶にも骨董《こっとう》にも通じることでしょう。
青柳　能を知らぬ人もあり、という中で能を知るというのはどういうことなんでしょうか。「目智相応」という言葉もありますが。
白洲　世阿弥《ぜあみ》が「花鏡」の中で言っていることなんだけれど、感覚的なものと精神的なものとのバランスがとれているということで……。

青柳　知るということは、ただもの知り、ということではないですよね。

白洲　そう、能というものを肌で知っているというか、体で知っていたということで、目ききの人は知識だけで知っていた。

青柳　あの文章で友枝喜久夫《きくお》先生のことを語ってらっしゃいますが、文章を読んでいると友枝先生の仕舞が目の前に大きく浮かび上がってきます。けっして具体的には描写されていないのですが。俗世間とはまったく次元の違うところで舞っているという表現で、「自分の時間の中で舞っている」という言葉もあり、感動しました。

白洲　そう、友枝さんについては、私は今だから解《わか》ったんじゃないかと思うものがあります。昔、名人の能を沢山見たんですが、勿論《もちろん》、ただの上手ではないのよ。でも友枝先生みたいに「冷《ひ》えたる曲」のようなものを感じたことはなかった。なにかどん底のようなものを受けとるわ。

青柳　技術の奥義《おうぎ》を極めた、その先っぽに開ける世界でしょうか。

白洲　「凄《すご》い」という言葉でしか言えないわよね。

青柳　日本の芸能には、初心の人には禁じるのだけれど、上手の人はこの世界に入って行かなければ嘘《うそ》だというような境地がありますでしょ。それがまた初心の人を誘惑するんですよね。

白洲　「冷え」とか「枯《か》らび」とか。世阿弥の言う「闌《た》けたる位」とか。

青柳　歌の世界の「拉鬼体《らつき》」なんかもそうですね。白洲さんがおっしゃった友枝先生の「どん底」という言葉にもそんなニュアンスを感じます。それは同時に白洲さんの目にも備わったということではないのですか。今日のために出して下さったこの李朝《りちょう》の茶碗《ちゃわん》を見ていると、やはり「凄い」という言葉が浮かんで来ますよ。

白洲　暴れてますか（笑）。

青柳　この茶碗に語らせようとする白洲さんの目を感じると、茶碗はいろいろ喋《しゃべ》りますね。

白洲　李朝の極く初期の手ですね。でもお茶人はこんな茶碗絶対に買わないですよ。もっと楽とか志野、織部《おりべ》だったら買うでしょうけど。それと民芸なんて言って茶の湯に抵抗したみたいなことを柳宗悦《むねよし》さんたちは言ってるけど、駒場《こまば》の日本民芸館に行ってみればわかるけど、あそこにあるのはみんな茶の湯の申し子ですよ。みんなお茶の目で選ばれているの。だから茶の湯というのは生活に関する限りのことはすべてやっているのよ。決して一人の人がやったということじゃなくて。

青柳　確かにあそこの物は茶の湯の目だな。また、かつての茶人達は粉引《こひき》とか無地刷《は》毛目《けめ》など自由に見つけて使ってきたんだから、当然こういう茶碗も使っていいはずなんですけどね。

白洲　でもカンカンに焼き締められてるでしょう。

青柳　絵のところが彫れたようになっている。強い絵つけだ。きっと筆じゃない。パレットナイフで絵つけをしたような感じですね。

白洲　青山二郎さんはこういうの好きだったでしょうね。唐津の茶碗でこの手のタンポポの花みたいな絵のもの持ってらしたわね。これよりまとまった絵ですけど。

青柳　骨董にも「目智相応」ということがあって、青山二郎さんなんて方も、そういう方だったんでしょうね。それに反して「田舎《いなか》目きき」という言葉もあった。痛い言葉ですね。

白洲　「目きき」だなんて自分で思ってる人はたいてい「田舎目きき」よ（笑）。

青柳　「田舎目きき」が今、満ちあふれていますよ。

白洲　「食通」と同じものよね。

出るまでが勝負

青柳　ところで、こちらの十文字の掛軸は辻《つじ》ヶ花《はな》の十文字の旗と同じ頃に求められたんですか。

白洲　いいえ、もっと後です。でも辻ヶ花の下絵みたいでね。墨じゃなくって漆で書かれた旗です。五月のお節句にいいでしょう。最近表具を直して周りの色をかえたらすっきりして良くなったのよ。しかし、表具なんてものは見えないところにすごく手をかけて、何年もかけて取り組むくらいだけど、最近の若い表具屋さんは、絵と表具との調和とか呼吸のようなものが全然わからなくなっているわね。とても大切なことなんだけど。表具で一番びっくりしたのは熱海《あたみ》のMOA美術館に重文の「湯女図《ゆなず》」の掛軸があるでしょう、肉筆浮世絵の。普通紹介する時は絵だけしか出さないけれど、表具が素晴らしいのよ。「遊びをせんとや生《う》まれけむ　たはぶれせんとや生《む》まれけん」という雰囲気の表具でね、中廻しの部分が楽器の笙《しょう》や篳篥《ひちりき》の縫箔《ぬいはく》で、天地の部分がさっぱりした疋田《ひった》絞《しぼ》りなのよ。多分昔は紫だったんでしょうけど、もうハゲて鼠色《ねずみいろ》っぽい枯れた色をしてるのよ。これが実にぴったり決まってるの。それから私は表具を気にするようになったんだけど、やっぱり後鳥羽上皇とか、花園天皇などの肖像画の表具はもう、たまらなくいい表具がしてあるわね。

青柳　つい肖像画だけを見てしまうんですけどね。

白洲　ところが肖像画を見せるために表具はあるわけよ、でもそのことは気づかせない方がいいのよ。決して出しゃばらないの。しかし、ああいうものは日本人でなくては出来ないでしょうね。中国だったら立派なものにしてしまうでしょう。——表具の話では以前、豊福知徳《とよふくとものり》さんとの対談の折に、掛軸を鑑賞することは箱から取り出すところから始まる、という大変興味深いお話が出ましたが。

白洲　そのことで思い出したんですけど、先日、「芸術新潮」の対談で相撲について英国人のライアル・ワトソンさんとお話をしたんです。あの方は相撲のことをよくわかってらしてね。掛軸の話と同じで相撲は花道を歩いて出てくる時から始まっているとおっしゃるのよ。土俵に上がって仕切り直しをするまでが勝負だ。立ってしまったらもうどうしようもない、ふだんの稽古《けいこ》だけが物をいうのだと。でも、西洋人がそれを言うんだからびっくりしちゃったの。

青柳　それはお能にも言えますよね。

白洲　つまり橋掛りから舞台に入るまでで、もうしょうがないのよ、あとは自分の出来るだけのことをするんであって、そこまでが勝負なのよ。

青柳　勝負はそれまでで決まっちゃうんですか。面白いなあ。

白洲　この前のロンドンの相撲興行もワトソンさんがおやりになったことなのよ。それで相撲に時間制限をもうけたのはテレビの悪影響だとおっしゃるのよ。

青柳　力士が自分の時間を失うわけですね。

白洲　力士の気持にその間たるみが出て相撲が遊んでいる。それはとても嫌なことだ。英国人ならそこのところがわかるというのよ。それで何故《なぜ》英国人が相撲が好きかというと、勝っても負けてもそれっきりで知らん顔でしょ。ガッツポーズなんてしないでしょう。それでうけてるんですって。イタリーやフランスだったら大変よ。じっとしてないわよ。サッカーなんか見物人が騒いで死人まで出る騒ぎでしょ。でも英国人はああいうことは絶対にしないとおっしゃるの。だから相撲興行の時もまず神棚を作って、もちろん土俵の中にも神さまを埋めて、それで神さまはゴッド（GOD）なんて言葉に訳さずに、神（カミ）という言葉で日本人が押し通せばいいんだって。だから私が何言ったって通じるのよ。

青柳　日本人より日本の心がわかってらっしゃる。

白洲　今度日本にお見えになったのは、刀を打つところを見たかったんですって、たたらで火をおこすところから。注連縄《しめなわ》はって、あそこに神さまがいるんだから、昔は物を造る人には皆神さまがあったのよ。木地師たちは惟喬親王《これたか》、大工は聖徳太子《しょうとくたいし》とか、肖像なり神像を仕事場に祀《まつ》って、その前で仕事したんですよ。でも、その精神を持っている人は今でもいると思いますよ、絵を掛けないまでも。だけど芸術家は駄目よ、自分が神さまだから（笑）。

青柳　職人の仕事で何が失《う》せたかって、それだと思うな。敬虔《けいけん》なものが古いものにはありますもの。

白洲　ワトソンさんは、まだ日本にはそういうものがあると言うんですよ。相撲なんて神さまは表に出てこないけど。でも、横綱の綱は注連縄ですよね。

青柳　かたちで残っているんですね、相撲には。

鈴に救われて

白洲　実は朝から一日がかりでこの根来《ねごろ》（折敷《おしき》）に合うものを探して、いろんなもの引っぱり出して水晶の五輪塔や鈴を載せたんだけど合うのがないのよ。

青柳　立ちあがりの雰囲気からして古い時代のもののようですね。

白洲　私、わりと鈴が好きなんだけど、藤原の鈴ご覧になった？　それにとってもよく合う板がみつかったの。天平時代の板よ。

青柳　あの鈴はごろんとしていて、まさしく藤原の素晴らしいものでしたね。

白洲　この板は京都で買ったんだけど、絵を描くつもりだったのか、でもこの白さが気になって能面を作る方に伺ったら、この白地は胡粉《ごふん》じゃなくて白土《はくど》というんだそうです。それは奈良の新薬師寺近くで採れる土で、面でも古い時代の翁《おきな》と室町時代の翁では、その白地が違うんです。鎌倉《かまくら》時代のものはうすく透き通っていて、室町時代の胡粉のものになると黄色く濁った感じがするんです。とにかくその二つは全然違うものです。でもこの板に合うものを探すとなるとこれまた大変なのよ。ほんとは百済《くだら》観音が持ってる水瓶《すいびょう》が似合うんだけど、今のところは藤原の鈴で我慢しているというところ。

青柳　白洲さん、推古時代の法隆寺の鈴も持っていらっしゃいましたよね。

白洲　ええ、これです。何でもないようなことだけど毛彫りの線とか、かたちに時代が感じられて、こちらの宝相華文《ほうそうげもん》の毛彫りの鈴は平泉の中尊寺の鈴です。

青柳　また、この鈴の音がたまらなくいいですね。

白洲　私、東京オリンピックの年に西国巡礼をしたんです。その時必ず鈴を持って行ったんです。一人で巡ったから深い山の中でたった一人きりになったりすると、何か音のするものがほしくなるの。鈴の音がすると自分の存在がわかるというか……。以前このことをペルシャで発掘調査をされた京大の水野清一さんにお話ししたら、やはり砂漠の中で一人キャラバンから離れて興味のあるものを調査したりしていると、砂漠の中は物音一つしないから何も見えなくなってしまうんですって。何か音のするものを持っていないと気が狂いそうになるそうよ。

青柳　砂漠の中の一人となると一層切実なものがありますね。

白洲　私が『十一面観音巡礼』を出した時、そのあとがきにも書いたんですけど、巡礼をするということは大変なことなのよ。信仰もないのに観音さんを拝んでまわったりしていいのかしらと思って、観音巡礼に関する本を色々読んでみたんだけど、ただ歩けばいいんだと書いてあるのよ、信仰がなくてもいいと。それで実際に歩いてみると信仰というものは後からついて来るもので、先にあるものじゃないってことがわかった。もし先にあったらそれは観念なのよ。私、特別に観音さまを信仰しているわけじゃないけど、何か信仰みたいなものは持っている。ワトソンさんの言葉じゃないけど、神の存在、神は自分の中にあるということがすごくわかったんです。それと奥の院の存在に気がついたんです。お寺だけじゃないぞと思って奥の院に行くと、そこには神さまが祀ってあるんです。あるいは古墳とか祖先神が祀ってある。だから必ず奥の院まで行くから、どうしても時間がかかって山の中で一人ぼっちになったりしちゃうんです。

青柳　そして鈴に救われて。

白洲　近江《おうみ》の観音正寺に行った時なんか、地図で見ると長命寺と観音正寺は近いのよ。ところが観音正寺は佐々木城跡だから山の上で、おまけに自然石の大変登りにくい石段なのよ。山城だから登りにくくしたんでしょうね。それで時間がかかって、やっとお寺にたどりついたら御住職がよく来たと歓待して下さって夕方になってしまい、奥の院から戻る頃には月が出ちゃったのよ。風情《ふぜい》があるといえばいいんだけど、猪《いのしし》や熊《くま》がいつ出てきてもおかしくないような雰囲気だったわ。

――白洲さんのお書きになった本を読んで旅に出たり、その土地のお寺や遺跡を訪ね、古典をひもとくようになった人は沢山いると思うんですが。

青柳　僕は大学を卒業して家出をした時、白洲さんの本を持っていったんです。それで二月の雪の降る日、観音正寺まで登って何か白洲正子という人がわかったような気がしたんです。あれから古事記とか風土記《ふどき》をまじめに読み始めたんです。

白洲　『十一面観音巡礼』で紹介した渡岸寺の村の人達から、お参りの方たちが皆私の本を持ってくると聞きましたが、私はそんなつもりはなくて、無意識で書いたのに、本当に有難いことです。

天皇・家元・月読命《つきよみのみこと》

白洲 時に家元制度は良くないなんて非難する人もいるけど、あれは必要なものなのよ。家元は下手でもいいんです。ちゃんと家元を務めてくれれば。自分は下手と自覚して家を守るということを悟ったら、それは名人と同じくらい値打ちのあることなのよ。

青柳 その家（流派）が無くなってしまったらもう完全に地上から無くなってしまうことで、それはあり得ることですものね。

白洲 例えば能の家元は能の面から装束まですべてのものを持っているのよ、総合芸術だから。お弟子の人達はそれを借りてやるのよ。それがなくっちゃお能をやる人達は何も出来ないのよ。だから仮に下駄屋《げたや》になったような人がお能の先生になって弟子を作って生活が出来るという良さは、有難いものなんですよ。芸術家ならそうはいかない。個人だから駄目なら駄目になってしまう。これは古典芸能にとって大事なことなんですよ。

青柳 ワトソンさんがおっしゃった日本に残っているものの中には、こうしたことも含まれているんでしょうね。形式的には残っていることがまだ色々あるんですね、きっと。

白洲　そうなのよ、西洋人だから、日本人が気がつかないことも気がつくのよ。だから家元は芸が出来ればなお結構だけど、何もしなくて真中にいてバランスをとっていればいいのよ。家元は河合隼雄《かわいはやお》先生のおっしゃる月読《つきよみの》（月夜見）命《みこと》でいいんです。

青柳　家元制度ってやはり天皇制と同じですよね。昔は下手でも家元をたてまつる信仰みたいなものがあったように思うんですが。

白洲　信仰されているうちにうまくなっちゃった人もいたと思うわ。

青柳　かつてのと言うべきでしょうか、家族の中の父親というのも同じですね。

白洲　本当ね、たとえろくでなしでも家長として無視出来ない存在だった。

青柳　父親の存在で日本の家というのは保たれてきたんじゃないでしょうか。

白洲　それがばらばらになっちゃったわね、今の日本は女が出てきて妙なことになって来ちゃった（笑）。

青柳　さきほど家元は月読命でいいとおっしゃいましたけど、白洲さん先日、京都のことについて「文學界《ぶんがくかい》」にお書きになりましたね。

白洲　そう、天皇は京都に還《かえ》られたらどうだということを書いたんです。羅城門を作って朱雀大路《すざくおおじ》を南から北に貫いてしまったら、もう京都も変わらないだろうと思ってね。

青柳　遷都《せんと》ならぬ京都還都だ。しかしあの文章は夢幻的というか幻のような文章でしたね。

白洲　私は河合隼雄さんがおっしゃっている月読命のことがおもしろいと思ったんです。いつも真中の神さまが何もしないで見ているだけということ、そのことを書くつもりがあんな文章になってしまったんだけど、これは天皇のことじゃないかと思ったのよ。だから京都は日本の文化の中心として、文化はあそこにある、あそこに行けばわかる、という街にするのよ。そうすれば京都の人達だってうかうかしていられなくなるし、自《おの》ずとしっかりしてきますよ。

——天皇が京都に戻れば、少なくとも皇室の有職故実《ゆうそくこじつ》の伝統とか、それに携わる職人や工人の技術も残りますよね。

青柳　信念のある職人さんが育つ街になるでしょうね。ところでこういう瀬戸の茶碗《ちゃわん》を拝見していると、信仰を持ったというか、信念を持った職人が作ったもののように思えてくるんです。

白洲　これを売ったらいくら儲《もう》かるなんて計算している職人じゃ駄目でしょう。

青柳　この絵付けの具合は乾山《けんざん》を思わせますね。

白洲　松葉にこのブルーの色のとり合せが何ともいいわね。何とも軽くて、踊ってるみたい。特に上等なものじゃないんでしょうけど。

青柳　瀬戸の麦藁手《むぎわらで》と同じ江戸後期頃じゃないですか。しかし今の陶芸家には出来そうでいて出来ないむずかしい仕事じゃないのかな。だけど麦藁手とかこうした雰囲気の茶碗見かけなくなりましたね。少なくなると引っ込める人がいるけど。

白洲　最近は魯山人《ろさんじん》でもみんな仕舞っちゃうのよ。魯山人なんてお土産品とか配り物なんか大量に作っていたのよ。ところが最近は魯山人が自分で気を入れて作ったものも、お土産品の大量生産のものも同じ値段なのよ。

青柳　見わけがつかないままなんですね。

白洲　これこそ田舎目ききだ。

青柳　まさしく骨董《こっとう》の世界にも言えることですね。それと骨董とは、というと頭で考え始めちゃうんですね。

白洲　カルチャーセンターになっちゃうのよ。何だか骨董がブームになって流行《はや》っているみたいだけど、その流行るってことがもう頭で考えていることなんだな。

——元来、骨董はブームになって広がるという性質《たち》のものではないですよね。

白洲　ブームとは無関係なものですよ。

青柳　使わないとわからないというと、その言葉だけが一人歩きしてしまって。

白洲　それと遊ぶという意味ね。遊ぶということがどんなにむずかしいことかわかっちゃいないのよ。

青柳　だから例えば白洲さんのコレクションや暮し方にあこがれる人は多いと思いますが、たとえ同じものを手に入れられても、白洲さんと同じ、一体にはならないんですよね。骨董に限らず真似《まね》は駄目なんですよね。「目智《もくち》相応《そうおう》」にならない。

白洲　そう、自分の時間ね。自分の時間見つけることだけに一生かかってしまった。バカみたいね、私って。

南北朝異聞

前登志夫

四一ページ参照

一九九三年　吉野にて

なぜ南北朝なのか

白洲　前さんは、今度「南北朝」をテーマに作品をお書きになるとか。なぜ南北朝なんですか。

前　いえ、まだ構想も熟しておりませんので、そんな話をするのは恥ずかしいのですが……。必ずしも歴史上の南北朝と限定しているわけではないのですが、あの時代に最も劇的にあらわれた山の文化と平野の文化の交流や葛藤《かっとう》、中央と地方の意味などに心ひかれるのです。それから、やっぱり小さい時からの思い入れというか、染《し》み付いているんですな。天皇といえばこのあたりの土地の人間はみな後醍醐《ごだいご》なんですよ。後醍醐というのはひとつの象徴なんですね。土地の側の受け止め方は、皇国史観とちょっと違うんです。むしろ散所《さんじょ》の民とか山人《さんじん》とかの心意気、そういう中央から疎外《そがい》された人たちが歴史の舞台から隠れている山人を頼ってきたというか、それをどうしても見捨ててはおけないという、やむにやまれぬものがあったのでしょう。今でも自分らの助けた同志としての貴種、そういう思いがなんとはなしにあるんですね。

白洲　ちょっと違いますけど、例えば木地師なんかでもそうだし、それから大工もそうですよね。大工は聖徳太子《しょうとくたいし》を祖神として祀《まつ》るけど、木地師はなんと言いましたっけ。

前　惟喬《これたか》親王ですね。

白洲　みんなああいう方を一人立てていて、面白いわね。

前　あれは妙ですね。自分たちの村や集落はつねに中央からやや疎外されているという淋《さび》しさや怨念《おんねん》のせいでしょうか。貴種流離みたいな人を、一種の判官贔屓《ほうがんびいき》とでもいうか、祖神として祀りたくなる。南北朝の場合はもっと中央の人間がそうなるわけで、天子が自分たちの懐《ふところ》にまぎれ込んできたという。それで、今まで中央からはずっと疎外されてきたのが、いっぺんに南北朝という時代で日本史のドラマの中へ組み込まれてきますね。

それから、評価は難しいですけれども、護良《もりなが》親王なんていう人も、歴史とか学問とかに無縁な土地の人たちにとっては、伝承が生きておりましてね。あの人の場合は、熊野《くまの》から吉野《よしの》へ入ってきて、楠木正成《くすのきまさしげ》の智略《ちりゃく》を借りて、一旦《いったん》は建武の新政まで行くわけですから。護良親王と吉野というのは非常につながりが深いですね。

白洲　やっぱり山伏とも関係あるんでしょう？

前　大いにありますね。南朝六十年。その後また六十年を支えてきた組織というのは、やっぱり山伏の、あの独特なものでしょう。韋駄天《いだてん》神社っていうのがありますけど、当時の山伏の一夜にして数十里の山岳を跋渉《ばっしょう》したりなんかする行動力と情報というのはすごかったでしょうね。

白洲　そうですよ。日本中回って歩いたし。それこそ義経《よしつね》みたいに、山伏になってれば問題なくほうぼうへ行けたでしょう。お能の人たちもまた、全国を回っていた。だから全国の歴史がお能の中に入っているわけ。私ほうぼうへ行って、ああ、なんだ、そうなのかと思うことがあります。

前　全国的なその土地のいろんな伝説・伝承・物語を、全部持ってきている。そこを私たちは忘れがちなのですね。能舞台に演じられる幽玄の世界も、そうした発生の根っこを持っていたということ。

白洲　それで表面は――まあ、「新古今」が多いですけどね――連歌みたいに非常にきれいな言葉でつなげてるんだけど、お能の人たちは裏側に回ると、何をしてたかわからない。もしかしたら義満《よしみつ》のスパイみたいなことをやっていたかもしれない。

前　一説には、観世《かんぜ》は南朝系だとか、楠木とのつながりをあれこれ言ったり、伊賀者《いがもの》だとか多武峰《とうのみね》とか言うのが、一時話題になりましたね。

白洲 それと、観世十郎元雅《もとまさ》みたいに伊勢《いせ》で殺されちゃうのもいる。

前 永享《えいきょう》四年ですね。当時伊勢というのは吉野の南朝にとっての一番強力な地盤でしたからね。

白洲 ええ。吉野は地形的に見ても、落人《おちうど》には非常によかったでしょうね。これだけ山があって、込み入ってて、ちょっと来ただけじゃわからない。

前 まず大軍が役に立たない。入り組んで谿谷《けいこく》があり、杣道《そまみち》だけしかない。そんな山中の谷間へ大軍が入ってしまって、楠木戦法をやられると、たちどころに困りますからね。

白洲 私なんかこんなに十何回も来てでもなかなか飲み込めませんもの。しょせん地図は地図なんですよ。歩いてみると、その地図通りじゃないみたいな感じがする。

前 それで混乱される方のほうがかえって深く土地をご覧になる方かなと思いますね。現代人は、概念図のようなものでね、居ながらにして見てしまって了解する。

白洲 だから机の上でも出来ちゃうわけです。

前 あてはめて、これはこうと、正確にはその土地を行ったり来たりしているんだけど、本当の顔というかな、そこのところが見えてないですね。その土地に固有の時間というか、その風土に息づいている感情が見えてこない。逆に自分の概念図で旅をしたりなんかすると、もう……。

白洲　わけわからなくなる。

前　わからなくなってこそ初めて一木一草や岩や谷と対話できるし、本当の深い心を踏みしめられるんだというようなことを、今ふと思いましたね。迷わなけりゃいけないんだ。

白洲　西行なんかも、きっと始めから西行庵《あん》に行ったわけじゃなくて——まあ、あんなのは後からつくったもので、はたしてあそこで住んでいたかどうかもわからないけども——仮にそうだとしても、その前にあらゆるところに掘立小屋をつくって、住んでみたりしてたと思う。

前　人が来たりすると煩《わずら》わしいので、またふっとそこを立ち去ったりしながらね。

白洲　そう。だんだん奥へ入ってあそこへ行っちゃったというような感じですよね。あそこなら、なかなか行かれませんものね、昔は。

前　「撰集抄《せんじゅうしょう》」に、西行の吉野隠棲《いんせい》三年説があって民間に流布《るふ》しましたが、実際は生涯の長い間にしばしば来てるらしいので、「まだ見ぬ方《かた》の花を尋ね」て、庵《いおり》も転々としたのでしょうか。

白洲　楠木正成はどのあたりまで来たんでしょうか。
前　吉野山までは来てないでしょう。やっぱり葛城《かつらぎ》あたりまででしょうか。
白洲　前線で戦ってた。
前　あそこは屈強の場所です。眼下に河内《かわち》をおさめていますからね。こっち側は大和が望めるし。年とともにつくづく葛城というのはいい山だと思いますね。
白洲　私、九品寺《くほんじ》というところによく行ってたんです。
前　一言主《ひとことぬし》神社のちょっと北ですね。
白洲　話は違うけども、私、あそこで初めて山びこというものがわかったの。とにかく他と違うんです。ぴたっと山から帰ってくるというような感じ。それで一言主というのはこれなんだなと思ったことある。違うのよ、山びこのなり方というか、響きが。他のはなんとなく横から響いてくるような感じがするんだけど、そうじゃなくて縦に……。
前　山の地形によって、必ずしも深いとか高いでなくして、微妙な地形の関係でわあんと響くところがあるんですね。そういうとこは非常に霊感の高いというか。
白洲　そうざんすね。
前　なるほど、そうか。一言主というのは、なんか自分らの人間の思いが山に語られうたわれると、今度は神の声になって帰ってくるんですね。

白洲　私はあれは山びこの神様だと思ってた。

前　それは面白いですね。言離《ことさか》の神なんていうのは後でつけた名前でしょうから。わかりやすくいえば言霊《ことだま》のカミということなのかと思われます。

漂泊の歌人・宗良《むねなが》親王

白洲　前さんは、南北朝の登場人物の中で、誰が一番お好きですか。私が贔屓なのは日野資朝《すけとも》の……。

前　「玉葉集《ぎょくようしゅう》」の歌人・京極為兼卿《ためかねきょう》が謀《む》叛人《ほんにん》として捕えられ、馬に乗せられて行くのを見て、日野資朝は男であればああなりたいと言ったそうです。「世にあらん思ひ出、かくこそあらまほしけれ」と。そののち捕えられ、佐渡へ流され、そこで斬《き》られてしまいましたが、実際はあの人があの時代の幕あけの歴史を動かしてたんですね。

白洲　そう、その日野資朝、彼が好きなんです。「徒然草《つれづれぐさ》」にいっぱい出てくるでしょう。

前　ああ、そうでしたね。

白洲　例えば、白ひげ生やした坊さんを尊いってみんなが拝むと、歳《とし》とったよぼよぼの犬を連れてくるのよ。「この気色《けしき》尊くみえて候《さうらふ》」とか言って。それから羅城門で、乞食を見て自分が大好きで大事にしてた盆栽を全部捨てちゃったりね。ああいうとこ、愉快だわ。なんか武士みたいでしょ。やり方がまるでお公卿《くぎよう》さんでない。

前　ははあ、そういう御贔屓がいらっしゃるのか。――僕の方は実はいないんですよ（笑）。だから今度の作品の主人公は自分でつくらなきゃと思っています。もちろん、昔から好きな人物はいなくはありませんが――。「李花集《りかしゅう》」の宗良親王なんていう方は、どこか飄々《ひようひよう》とした魅力があるし。伊那谷《いなだに》からひとつ東の、秋葉街道に大河原というところがある。あそこは宗良親王の拠点、アジトが長くあったところで。あの方は気の毒な方で、ずっと漂泊されていた。吉野を出てから大河原を拠点に辺土をさすらって半世紀も苦しい戦いと潜伏に明けくれ、歌を詠《よ》みつづけながら、ついに都の土は踏めなかった。武蔵《むさし》・小手指原《こてさしがはら》あたりで尊氏《たかうじ》の大軍と雌雄を決して戦ったり、諏訪《すわ》に入っていったり、越後《えちご》にも行っている。富山の高岡市の北方に、新湊八幡宮《しんみなとはちまんぐう》のある渚《なぎさ》があります――家持《やかもち》の歌があるところですが――そのあたりにも宗良親王の羇旅《きりよ》歌がのこされています。

白洲　私もね、時どき宗良親王と、とんでもないところでお目にかかるんですよ。

前　そう。ああ、こんなところへもいらしているという出逢《であ》い。

白洲　どういう事情で、こんなところにまでいらしたのかしらと思うこともありますね。

前　風のように漂泊していますが、それこそ山伏の助けだったり、山の文化のふところの深さなんでしょうか。後村上がまだ童子の皇子のころ、東国へ行くつもりで、北《きた》畠親房《ばたけちかふさ》を柱として、伊勢の大湊《おおみなと》を出てずっと行くんですが、途中相模灘《さがみなだ》で台風にあって宮方の一行は四散してしまう。それで親房は常陸《ひたち》の国へ行くんですが、後醍醐の後を継いだ後村上の皇子は伊勢へ戻されて吉野へ一旦帰山せざるをえなくなる。宗良親王は遠江《とおとうみ》に漂着した。

白洲　天竜川を遡《さかのぼ》るわけですか。

前　ええ。それで伊那の谷からさらに東側、赤石岳を東に仰ぐ秋葉街道の大鹿《おおしか》、それから鹿塩《かしお》のあたりまでです。

白洲　南アルプスですね。

前　そこを拠点にして迂回《うかい》しながら静岡、駿河《するが》から信州へ入る。甲斐《かい》の国へ入って、そこから富士吉田《ふじよしだ》の裾野《すその》をぐるっと回って、諏訪へ入るんです。すぐ信州へ行かないでね。よく歩きますよねえ、昔の人は。羇旅というにふさわしいものです。「北になし南になして今日いくか富士の麓《ふもと》を廻《めぐ》りきぬらむ」という宗良親王の歌がある。この歌若いころから好きでしてね。

背骨も、足の骨も治ったたし、これでダイエットして、南朝のトポスというかな――それは山人のもう一つの歌枕《うたまくら》ですがね――そこをもう一ぺん踏みしめることが出来たらと思っているんですが、半ば絶望的かなあ……。

白洲 大丈夫ですよ、まだお若いから。翁《おきな》さびなんて言っていらっしゃるけれども、私の息子とちょっとしか違わないくせにって雑誌のエッセイにも書いたんだから。

前 それを言われるとまいるな（笑）。私の翁さぶは折口信夫《おりくちしのぶ》の「翁の発生」というエッセイにみられるような翁。いささか理念としても僭越《せんえつ》のそしりをまぬがれませんかな。翁というのは、現代的な意味で使う単なる年寄りというものではなくて、本来は意外とダンディーなもののようですね。ひとつのもの寂《さ》びた美の象徴ですから。

翁の背後に山姥《やまんば》がいる

白洲 偶然なんだけど、ついこの間、ある雑誌の注文で翁について書いてくれって頼まれて、「相生《あいおい》の松」という題で書いたの。お能では、普通、尉《じょう》と姥《うば》がいるわけね。

この一対で大変楽しくめでたいんだけども、それとは別に、翁というのがいて、これは両性具有みたいな人なの。そういう変な色気――色気って言っちゃおかしいけども――艶《なま》めかしい魅力があるんですよ。颯爽《さっそう》としていながら、女もこの中には入ってますっていう感じ。その翁が分かれて、「高砂《たかさご》」の尉と姥になるという話を書いたのよ。だから能舞台の松も根が一つで、二つに分かれるんです。つまりその根っこが翁で……という内容なんだけど。

とにかく翁って不思議なもんです。世阿弥《ぜあみ》によると日本全国に翁があって、それを一つに集約した。世阿弥が自分でそう言っているんです。日本全国にあったのを自分が一つにしたって。それが在原《ありわら》と、なにか関係があるらしい。在原というところに集団がいたのか……。だからなのか、業平《なりひら》という人は変に翁さびでしょう。「昔男」。もしかすると、そういうものを飼ってたんじゃないかっていうような感じが、お能なんかを見ているとするんです、私には。少し飛躍しすぎかしら。でも「翁の発生」の中にも在原という名前が出てきますでしょ。

前 「翁さび人な咎《とが》めそ狩衣《かりごろも》今日ばかりとぞ鶴《たづ》も鳴くなる」という伊勢物語の歌も引用している。翁舞をするほがい人の集団としての在原。

白洲 私、ちょっと読み返してみたのよ。

前　国栖《くず》や山伏にも触れて、山人舞ということを言ってたと思いますが、翁については中で常世《とこよ》のことを言っているでしょう。
白洲　ええ。折口先生は沖縄にいらして、そこでいろんなものがわかったって。常世の国から来るのね、翁が。
前　あの人のキーワードの「まれびと」というのは、柳田国男には最後まで拒絶されて……でも折口さんは「まれびと」で日本の古代学をどんどん解いていく。そしてその非常に大事な「まれびと」の具体的な結晶が翁なんですから。年ごとの春に常世からやってくる、神の化身としての長老、翁というもの。そういうものを今度はわれわれがつくり出していったという発想ですね。常世の国を山中に想定するようになったと……。
白洲　い、い、あなしなんかから下りてきて。
前　ああ、あなし、ね。「まきもくの穴師《あなし》の山の山びとと人も見るがに山かづらせよ」なんていうのね。山から下りてきて山のことほぎをする。宮廷の大嘗祭《だいじようさい》の節会《せちえ》にも国栖の翁舞は招かれたのですね。
白洲　ええ。それから、尉と姥が出来てくるでしょう。そうすると、姥というのは山姥のことなんだって。私、それ読んで笑っちゃった。

前　ああ、白洲さんのことだ（笑）。

白洲　女のほうは山姥なんですって。それで巫女《みこ》が山の奥に住んで、こもっています でしょう。そういうところから坂田公時《きんとき》は出てくるんだという話も出てくるでしょ。

前　山姥というのは、その場合、グレートマザーみたいなもんですね。

白洲　土ですわね。大地の神みたいなもの。慈母神か。それとコンビなんだって、尉と姥が。

公時神社って、私ある時偶然出くわしたことがあるの。箱根でお弁当食べようと思って、ちょっと横道へ入ったの、そしたらそこに鳥居があって、公時神社って書いてあって、真正面に金時山が見えてて、静かなとこでね。今時、誰もそんなもの信仰もお参りもしてないんでしょうけど、きれいでしたよ。萩《はぎ》がいっぱいあって。

前　公時ってマサカリ持ってますね。

白洲　うん。

前　熊《くま》に乗ってるんですね。鳥獣虫魚を従えてる、霊力を持った山の生活者。それを育ててるのが山姥、山の女神。

白洲　それはずっと後になってからそうなってくるんだけれども。

前　柳田国男の『山の人生』なんかの女性が神隠しにあったりして山に住んで山の神

の霊力を体現していく。もともと山霊の巫女としての山姥は、貴種を養育し、やがてその男子と交わりますね。

白洲 お能にも「山姥」というのがあって、それがまた変なお能なんです。山巡りするの。

前 翁が両性具有の存在としたならば、山姥は変身しなければなりません。山姥は翁舞を仕立てている母胎かも知れません。翁の背後に山姥がいる。古来の山の女神です。千里眼を具《そな》えた最高の智恵《ちえ》としての存在かな。それと翁の関係というのは難しいですね。

白洲 難しいですよ。折口さんのは時々飛躍するからどこへ飛んで行くんだかわかんないみたいなとこがあって。ほんとに山姥かなと思うけども、とにかく折口さんはそのように書いてる。ウバっていうけどオバだっていうのね。やっぱりウガヤフキアエズなんて育てたのもオバでしょう。お母さんが育てないみたいで。私、あの伝統ってのは皇室にあるのかもしれないと思って読んでた。乳母のほうが育てて、ほんとのお母さんが育てない。それでずーっときたのかなと。親離れさせますね。美智子《みちこ》さんになって変わったけど、天皇は神の子だから親を持ってちゃいけないから、そういうふうにしたのかなあと。それも私の勝手な想像だけれども。

南北朝は山びこの時代

白洲　前からよくわからないんですけど、児島高徳《こじまたかのり》って何なんですか。
前　児島高徳ってのはずいぶん虚構みたいでしょう。それでやたらとまことしやかな……「天、勾践《こうせん》を空《むな》しゅうするなかれ」なんていう中国の故事を引っ張ったりするけど、でも意外としゃれてて、桜の幹に書いたりしてね。面白いですね。第一「太平記」の作者が誰かわかんないでしょう。
白洲　いろんな説がありますけどね。
前　前と後ろとで作者が違うとか……。その中で一番有力な説で、小島法師という語部《かたりべ》がいるというふうに言われてますね。ひょっとしたら児島高徳は小島法師のもう一つの顔なのか。謎《なぞ》ですね。
　とにかく「太平記」の面白いのは霊夢があったりすること。後醍醐《ごだいご》が笠置《かさぎ》へ行って見た夢で「南のほうに大きな木があるから、それを頼れ」と言われたとかね。中でも特にややこしいところですが、後半になってもうどうにもならない吉野朝《よしのちょう》が、南風競わず、で負けてからもえんえん続くでしょ。武家方の中の内訌《ないこう》とかなんかでどんどん続いて。その時に――美作《みまさか》か、あっちの赤松攻めかなんかの戦いの中に金峰山《きんぷせん》上からカラス数千がやってきて、みんなで羽根をぬらして火を防いだり、神秘の力を語ったり。それから天狗《てんぐ》とおぼしきものが夜パーッと走ったとか、なんか禍々《まがまが》しいものがあるでしょう。あれが本当に面白い。それでどこまで行けどもぬかるみみたいな……。

白洲　いっそ「続太平記」をお書きになられたらどうかしら？（笑）

前　おどかさんといて下さい（笑）。僕が今度書こうとしているのは歴史小説じゃないから、時代はそれこそ近世に移ったって、古代へ変わったって構わないんです。ただ、一番具体的に今に向かって山びこみたいに響いてくる時代、それがどういうわけか南北朝だというだけなんですよ。律令《りつりよう》体制になって、日本の山の文化というのが、やっぱりものすごく淘汰《とうた》されていくというか、疎外《そがい》されるんですね。その象徴的な事件というのが、葛城《かつらぎ》を根城とした役行者《えんのぎようじや》――。茅原《かやはら》で生まれた。エンというのは和歌森太郎さんの説ではエダチですから、大勢の人を動員する役目だったんでしょうけど。この人の孔雀《くじやく》の呪法《じゆほう》というのは……。

白洲　何なんでしょう。

前　たぶん道教だと思うんです。一言主《ひとことぬし》を藤《ふじ》づるで断崖《だんがい》からつるしたというんですから。一言主というのはさっきのこだまですが、日本本来のやっぱり縄文的な葛城の神の子孫なんでしょうね。これと道教的仏教、広い意味での仏教――渡来のものとの格闘を象徴してる話だと思います。

白洲　なるほどね。

前　一言主は夜しか出てこないでしょう。顔が醜いってね。これは面白くて、西行もむろんですが、芭蕉《ばしょう》も「なほ見たし花に明けゆく神の顔」。しかも芭蕉はその神の来臨を寝ころんで待っている図を自分でスケッチしている。花の下ののどかなる絵ですよ。その神様はきれいだった、こんなところにいる神様が醜いはずはない、とね。一言主を女神と思うてるんですね。

そういえば、大和の国つ神の元祖というのはどれも一筋縄ではゆかない幽暗なところがあります。三輪山の神というのも夜しか出てこない。正体見せないですね。これも非常に大和的で面白くて。表へ出ないやつが本当の、原日本なのかなと思うんですが、これは山人の象徴的なあらわれで。卑弥呼《ひみこ》に擬せられるヤマトトトヒモモソヒメの墓をつくるのに、日本書紀には、「昼は人つくり、夜は神つくる」とあります。その神というのは先ほどおっしゃった、纏向《まきもく》の穴師の山から山かづらして来るような山人、つまり中央から疎外されて山々にずーっといる連中なんだと思われます。万葉の時代になってからの山人の新しいリーダーというか司霊者が役小角《えんのおづぬ》なんですね。ここで話をちょっと戻しますと、南北朝が面白いと申しますのは、律令体制になっていって、山の文化の象徴である役小角がやられます。それ以後もいろいろなくすぶりはありましたが、中央の律令体制の支配によって、影をしだいにひそめていました。そこへ南北朝で天子がこっちへ逃げてきて、山の中、つまり自分らの懐《ふところ》へ入ってきたというんですから、もう……。

白洲　沸いたでしょうね。

前　そういう連中がどんどん手を組んでつながっていって、南朝に賛同していくんだから……なんとも言えず縄文的なものの雄叫《おたけ》びのこだまを聴くわけです。

お稚児《ちご》遊びのパワー

白洲　南北朝の頃の歌をどう思います？

前　僕はどうもだめだな。もちろん後醍醐はうまいですよ。後村上さんもうまい。うまいんだけど……。

白洲　つまんなくなっちゃうね。

前　何が駄目かというと、二条派なんですよ。

白洲　型にはまっちゃうからね。

前　だから穏やかでね。一方の北朝の光厳帝なんかのほう、伏見院とか永福門院とかいう方は京極為兼卿《ためかねきょう》という、詩魂のある歌風の影響がありますから、秀《すぐ》れています。その為兼のほうは伝統の型にはまらない、命のたかぶりみたいな、浪漫《ろうまん》性があるんですね。ところが二条はなだらかなんですね。後醍醐の皇子のうちの宗良《むねなが》親王などは二条の血が入っているんですわ。それぐらい密接なんですね。だから僕は惜しいと思いますよ。「李花《りか》集」の宗良親王の資質は素晴らしくいいのに、つまんない二条――冷泉《れいぜい》為世を導《しるべ》する人とうたっています。その人を偉いと思ってるんですが、自分のほうがはるかにいいんですよ。いいのは当たり前でして、彼は命をかけて羇旅《きりょ》の苦しみや戦乱の恐れの中を生きておりますね。人生とドラマがありますね。こっちの二条さんのほうになると、生活のない専門家の――。

白洲　流儀になっちゃう。

前　流儀の中でのお遊びというか、教養、社交、お稽古《けいこ》事《ごと》、そういうものに……。身過ぎ世過ぎですよね。文学じゃないんだから。

もうちょっと後になると「菟玖波《つくば》集」は面白いですね。二条良基《よしもと》。

白洲　二条良基は世阿弥のあれ……つまりオカマね。かわいがっちゃってかわいがっちゃってね。

前　ははは。

白洲　東大寺から坊さんが連れてくるんですよ、「きれいな稚児がおります」って。それをみそめちゃって、もう一度あれに会いたいって大変なラブレターを書くの。その手紙は、すごいわよ。もう惚《ほ》れ惚《ぼ》れ(笑)。女どころじゃありゃしない。あんなのがよく残ってたわね……。

前　文明が非常に爛熟《らんじゆく》して頽廃《たいはい》的になるとホモが多くなるとは限らないですね。ああいう乱世のすごい時代に、いたわけだし。

白洲　いつの世も(笑)。

前　源氏物語の時代はないでしょう。

白洲　その時はないけど、乱世の始まる時……。

前　保元《ほうげん》・平治の乱。

白洲　あれはほとんどオカマのために始まったようなもんでしょう。

前　知らなかった(笑)。僕は、あれはもっぱら待賢門院の怪しき色香が引き起こしたもんだと思ってた。

白洲　怪しき色香が男のほうなんです。

前　へえー。

白洲　あの時殺されたほうの藤原悪左府《あくさふ》（頼長《よりなが》）の日記というのは大変難しいんだけども、その中に出てくるんです。あれもまたホモだった。

前　悪左府が？　要するにホモの大ボスってわけかー。

白洲　うん（笑）。そういうのも、いつか書いてみたいなあと思うの。南朝ではあまり聞かないけど、どうだったのかしらね。

前　知らんですな、僕は（笑）。いや美少女より美少年の方が話していて愉《たの》しいのは事実ですが、一体全体どうしてそうなるもんなんですか。

白洲　わかりませんけど、よく考えてみます（笑）。あの鳥羽院《とばいん》だってそうだったというし……。だから西行だって怪しいと思ってんの。

前　それは聞き捨てならない。西住とかね。大原の三寂の寂然《じゃくぜん》なども。

白洲　西住なんて、どこへ行くんだって初めからくっついて離れないもん。ただの弟子じゃないですよ。

前　うーん、だから西行の歌は枯れなかったんだ。「命なりけり」まで深まっていったんだな。

白洲　日本のそういう部分っていうのは、それこそ外国から入ってこなかったから……。それでわりに神聖なようなものなのね。物語読むと、お寺なんかで、少年を大事にして、神様のように崇《あが》めるんです。神様っていうより、お寺だから仏様だな。そのために何度も戦争が起きてる。叡山《えいざん》と三井寺《みいでら》の戦争なんてだいたいホモの取り合いですよ。

前　稚児争い。

白洲　うん。

前　すごい（笑）。それは知らなかったなあ。そんなに女性よりも男性のほうがいい……通になるとそんなもんでしょうかね。

白洲　深いんじゃないですかね、思い入れが。だって北面の武士というのもそもそも……。

前　ああ、あのエリート集団。

白洲　あの頃に始まったようなもんでしょ。

前　院政とともに？

白洲　不良老年、白河法皇（笑）。

前　すごいですよね、あの生命力。僕も見習って、お稚児遊びをするべきなのかなあ（笑）。そうすると僕の歌ももっと輝きを増すとか。

定型の強さと弱さ

白洲 前さんの歌の話が出たところで申し上げておきたいんですが、昨年の暮に出された歌集『鳥獣蟲魚《ちゆうぎょ》』（小沢書店）の中で、大好きな歌があるんです。「惚《ほう》けたる……」。

前 「惚けたる母のたましひ遊ぶらし月差しそむる霜夜《そうや》の梢《こずゑ》」。実はこの歌は、もう一つ前の歌集『樹下集』（小沢書店）だったと思います。

白洲 そう、「霜夜の梢」でなくちゃいけない。それで、私が言いたいのは——ちょっとここからまた横道にそれて恐縮ですが——ある時讃岐《さぬき》の国に西行の庵《いおり》の跡が残っていると聞いて訪ねていったんだけど、探せど探せどわかんないのよ。教えられるところは全然違ってて、何度も歩いたんだけど、雨も降り出してきてもうあきらめようかと。その時、ひとりのおじいさんに出くわした。直観で「この人は知ってる」と思って、「西行庵《さいぎょうあん》はどこですか」と聞いたら、「あすこですよ」って指差してくれて。そしたらその瞬間そこからホトトギスが飛び出してきて、鳴いたのよ。すごくいい声で。そつまりそういうのって、文章には書けないでしょう。くやしいけど。でも歌ならできる。

前　妙なもんですね、定型っていうのは——。文章に書いたら噴き出してしまうような他愛《たわい》もない文句や、あからさまで恥ずかしいような思いでも、三十一文字《みそひともじ》の定型の中に入るとそれが恥ずかしくないんですね。

白洲　文章だったら、とてもだめ。感激したとか感動したとか書けないですよ。

前　だからそこをみな削って、今ホトトギスが鳴いて飛び出してきた。それだけで魂のかたちがバシリと決まる。

白洲　そう、そうなの。だけどこれには千万の思いがあるわけ。

前　歌は多少きざっぽくても、あるいは昂《たか》ぶってても、そのままを歌えば……。

白洲　形になる。

前　白洲さんのおっしゃる「形になる」ということの含蓄はたいへん深く、ありがたいのですが、現実には逆の陥穽《かんせい》にもなりかねません。精神の高いオクターブとか、形をつくる力というものが衰えてても、型へはめてしまえばそれも何とかなってしまう。手練《てだれ》になるととくにそう。そういうのがみんな芸術院に入りますから(笑)。

白洲　わかるなあ、それ。本当にそう。

前　歌というものは、そのホトトギスのようにただ一声で表現する気息に過ぎないのですから、本当は至難の技です。

白洲　吉野という土地の伝統の重さの中で、歌うのも大変なことですし。

前　若い頃はそれとの抗《あらが》いがあった。それから今度は必要以上に国原を山人として意識して、『鳥獣蟲魚』の中でもまだまだそれがみえる。

でもこの頃は国原を歩いているとやっぱり安らぎを覚えますし、もうなんだか……。

白洲　お歳《とし》のせいで、翁《おきな》さび……（笑）。

前　そうそう。大和国原とも静かに和解して、しみじみといいなあと。青垣、山ごもれる大和、これこそ生尾《せいび》であって、青垣山こそが一つの生尾なんだと。そこらへんにみな家が建ったり、山が削られてゴルフ場になった時に、初めて国原はその命を絶つんだろうなんて思いますが、まだ今のところずーっと青山でありますからね。その青垣の山ごもる生尾の国に身を置いてますと、いつしか自分が舞っているような気になるのです。――たうたうたらり、たらりあがりら、らりたう……。

日本談義

ライアル・ワトソン

一九三九年モザンビーク生まれ。生命科学者。アフリカやヨーロッパ各国で、動物行動学、植物学、化学、地学、生態学などを学ぶ。フィールド・ワークで世界中を回り続けている。

一九九三年　東京にて

僕が相撲に惚《ほ》れたわけ

白洲　河合《かわい》隼雄《はやお》さんからワトソンさんのことを伺って、ぜひお目にかかりたいと思っておりました。きょうはお会いできて大変うれしく思います。

ワトソン　こちらこそ。どうぞよろしくお願いいたします。

白洲　ワトソンさんは日本についてとてもお詳しいそうですね。なかでも相撲について大変お詳しいとか。どうして相撲に興味を持つようになられたんですか？

ワトソン　実は、最初は茶道に興味があって日本を訪れたんです。でも、あることがきっかけで茶道よりも相撲のほうへと行ってしまったんですよ。

茶道の研究中、大本教《おおもときょう》の出口さんを訪ねて京都の亀岡《かめおか》に行った時のことです。そこで、あるお茶の先生にお会いしました。その方が私に日本の武道を学ぶように勧めるんです。帰国まで半年しかなかった私は、武道ではなくて茶道を学びたいのだと主張したのですが、先生は「武道を学ばない限りは茶道など勉強してもダメだ」といって引き下がらない（笑）。それで仕方なく剣道を学ぶことにしました。とはいえ、剣道は実に楽しかった。そして、剣道を学ぶうちに、なぜ茶道の先生が武道を学ぶように勧めたのかがわかってきたんです。

白洲　どんなことでしたの？

ワトソン　剣道では、「メン」とか「ドウ」とかの技を繰り出すその一瞬に、ものすごいエネルギーを集中させます。つまり、エネルギーを集中させることを学ぶ。それとは別に茶道では、ある意味で「忍耐」ということを学ぶわけです。武道の「動」の部分、そして茶道の「静」の部分、なるほどこの両方を知ることで、茶道も武道もよりよく理解することができるようになりました。その後、剣道だけでなく他の武道すべてについても興味を覚えまして、その中に相撲も入っていたのです。

白洲　まあ、お相撲もおやりに？

ワトソン　いえ、いえ、相撲をするにはちょっと歳《とし》をとりすぎていました（笑）。

白洲　それじゃ、いつ頃から興味を？

ワトソン　最初に相撲を見たのは、一九七五年の秋場所。場所は蔵前の旧国技館でした。ちょうど千代の富士が新入幕を果たした時で、北の湖《きたうみ》もまだ現役で活躍していた。

とにかく初めて見て、本当に驚きました。こんなに美しいスポーツがあるのだろうか、儀式、伝統、色彩、観客の歓声……すべてが気に入ってしまったのです。ロンドンに帰国してからも、相撲のことが頭から離れませんでした。もう茶道のことなどすっかりどこかへ行ってしまった（笑）。

私にとって相撲には口では説明できない何かがあるので、伝統的国技だとか、神道《しんとう》に基づいているとか、そんな蘊蓄《うんちく》はどうでもよかった。もっと相撲が見たい、世界に紹介したい……私は「相撲のフィルムを製作しよう」と心に決め、日本にとってかえして、協会に掛け合いました。

白洲　それで、番組は出来たんですか？

ワトソン　ええ。でも実現まで何年かかったと思います？　説得して、ミーティングして、十年、十年ですよ！　結果、これまでにイギリスのテレビ局で六十もの相撲の番組をつくってしまったんですけどね（笑）。

二年前、ロンドンのロイヤル・アルバート・ホールで相撲公演があったのはご存知だと思いますが、その時の番組を製作し、相撲の解説もすべて私がしました。

白洲　その番組は私も見ました。ワトソンさんの解説、とても良かったですね。

ワトソン　私はイギリスの観客に相撲の良さをわかって欲しかった。なぜいま勝ったことになるのか、決め技は何か、力士の名前は……等々、相撲の持つ意味と伝統をみんなに理解して欲しかったのです。
白洲 昔は、出場する力士は、花道を行くとき、髷《まげ》に花をさしたそうです。葵《あおい》の花や夕顔の花の挿頭《かざし》をね。こうした美しい習慣が今も残っていたら、ワトソンさん、もっともっと感動なさったんじゃないかしら。
ワトソン 白洲先生のご贔屓《ひいき》の力士は。
白洲 もうやめてしまいましたけど、千代の富士。彼がまだ十両の頃からファンだったんです。
ワトソン 彼は、力士としては非常に小柄ですよね。
白洲 立派というんじゃないけど、千代の富士は何かが違うのよ。十両の頃から、面構《つらがま》えにも身体《からだ》の形にも、もちろん取り口にも、歯切れのいいものがあった。私くらいの歳になると、あの大横綱、双葉山も覚えてるわ。
ワトソン 素敵でした？ 双葉山は。
白洲 ええ、やっぱり美しかった。ビューティフル。千代の富士とは「格」が違うのよ。でも、格が違ってもいいものはいい。格っておわかりになる？ 生まれつき持っている「品」みたいなもののこと。

ワトソン　実は私、残念なことに大鵬《たいほう》の現役時代を知らないんです。ただ今の彼も強い存在感をもった魅力的な人物であるところをみると、おそらく本当に偉大な横綱だったんだと思います。

白洲　お相撲さんって、偉大な力士であればあるほど、何か身体から光が出ているような感じがしますね。

ワトソン　相撲取りの身体から出る光というのは確かにあると私も思います。特に仕切り直しのときなんか、光を放つ相撲取りと、そうでない相撲取りとの間で違いを感じます。それは力士それぞれがもつエネルギーの差とでもいうんでしょうか。

なぜ相撲がイギリス人に人気があるのか、考えてみたんですけれど、それは相撲がイギリス人の気質にどこか通じるものがあるからだと思うんです。相撲では、勝ってもお辞儀をする、負けてもお辞儀をする。けっして抱き合ったり、ましてやキスなんかしたりしない（笑）。あまり感情を表に出さずに、品位を保つといいますか、そういう厳格な感じ、品格や敬意といったことがイギリス人の嗜好《しこう》に合っているんです。

白洲　同感。イギリス人気質と相撲には共通するところがありますね。

ワトソン　以前、イギリス人の新弟子を入門させようと働きかけたことがあったんです。しかし、うまくいきませんでした。その若いイギリス人には荷が重すぎた。良家の苦労知らずの子息だったので、闘争心が欠けていたのかも知れません。次は失敗しないようにと思っているんですがね。もう未来の新弟子のシコ名も決めてあるんです。「英《ひで》ノ国《くに》」——なかなかいい名前でしょう（笑）。

白洲　ワトソンさんは誰がお好き？

ワトソン　私は個人的には貴闘力《たかとうりき》が一番好きなんです。千代の富士の引退は、今の貴《たか》ノ花《はな》に負けたのが原因だったと言われていますが、実際には貴闘力が千代の富士を引退させたんですよね。あの場所の二日目、いや三日目でしたか。

白洲　まあ、本当によくご存知なのね。

ワトソン　あの場所で、千代の富士は初日に貴花田（現貴ノ花）と対戦した後、三日目に貴闘力と対戦して、結局、引退を決意したわけです。あの時私は国技館で見ていました。貴闘力っていう力士は、花道を歩いて行く時に勢いがあるんですよ。

白洲　それこそ、光っていますね（笑）。エネルギーというより、エネルギーをじっとためている間の「気迫」ですね。

ワトソン　そうです。太陽のように輝いているんですよ（笑）。

能の橋掛り、相撲の花道

ワトソン　相撲には仕切り直しがありますよね。実は私はこれに大変興味をひかれるんです。実際に力士が相撲を取っているときよりも面白い。

白洲　昔の仕切りには、時間制限がなかったのよ。何せ無制限なもんだから立ち合いまで何十回も仕切り直しをして、三十分、四十分経《た》っても勝負が始まらない。そのうち日が暮れてしまったなんてことがさらにあった（笑）。それでも、みんな面白がって相撲を観戦したんです。昔の見物人は観《み》ることを知っていたんですね。仕切り直しに時間制限をつくったのは、ラジオで実況中継が始まったためでしょうけれど、実は仕切りはとても大切なのよね。

ワトソン　その通りです。西洋人は「たった二十秒で決着ついちゃうなら、なんで取組の前にあんなに時間をかけるんだ」なんて、ほとんどの人が不満を漏らします。でも、私には実際に相撲をとるまでの、あの間《ま》が楽しいんです。間があるからこそ、相撲が神聖なセレモニーになるんです。

白洲　そう、そうなのよ。お能でも、橋掛りというお相撲でいう花道みたいなのがあるのね。実際に舞台に入ってからよりも、その橋掛りの間が、とっても大事な役目をしています。だいたい、橋掛りを黙って歩いている間に、どの程度の芸の持ち主かわかってしまう。

ワトソン　私の茶道の先生も、「茶室に入ってくる時の引戸にかけたその指先で、客人の手並みがわかってしまうものだ」と言っていました。

――ワトソンさんはロンドン場所のプロデューサーをなさいました。印象に残っていることはありますか？

ワトソン　場所の始まる前の三日間、猫の手も借りたいほどの忙しさで、その準備に追われました。何しろ興行を行う場所がロイヤル・アルバート・ホールでしょう。四十トンもの粘土を調達し、床を補強し、大阪場所で使う予定の垂れ幕も、運んできました。組み立ててやっとの思いで土俵を作りあげた時はもう初日の夜中の二時。そして照明をつけた途端、あの劇場空間が今までと違う雰囲気に変わっていた！　四角い吊《つ》り屋根を入れたことで、いつもの雰囲気とまったく変わって見えたのです。実に印象的でした。見慣れた円形のホールが、すっかりあの相撲場所の神聖な雰囲気になったんですからね。

白洲　その準備の模様、ビデオか何かないの。

ワトソン　市販はされていませんが、記録用にとってあります。またロンドン場所をすることがあるかもしれませんしね。今回は出来ませんでしたが、次にやる時は、時間制限なしでやりたいですね。
白洲　そうですね。外国で時間制限なしでやれば日本も変わるかもしれません。
ワトソン　NHKにも、ちょっと姿勢を変えてもらったほうがいい（笑）。
白洲　一晩中でもね（笑）。
ワトソン　その通り。相撲協会にもそう言っているんですが、なかなか聞いてもらえなくて……。逆に「西洋人にはなかなか理解していただけないことなんです」とか言われてしまう。彼らは間違ってますよ（笑）。

言葉にならないもの

白洲　私は四歳のときからずっとお能を勉強しているせいか、ワトソンさんが茶道や武道といった日本の伝統を学ぼうとされたことがよくわかります。でも、現代に残るこうした文化は、当初の形そのままに受け継がれているわけではないのよね。例えば私が学んだ能は、室町時代に始まったけれど、徳川の時代にすごく洗練されたものになってしまった。

ワトソン　能が〝フォーマル〟になってしまったということですか？

白洲　型ができ上がった、ということですね。実はワトソンさんに、ぜひある人を紹介したいと思って、その人の写真を持ってきました。「友枝喜久夫《きくお》」という人で、芸術院会員でも何でもない。しかも老人で、今は視力もほとんどないんです。しかし、何というか、お能の「型」から超越したものを持っている。それが「型」にはまったものより、はるかにいいの。自由なんですよ。

ワトソン　私自身もほんの少しですが、仕舞を習ったことがあります。

白洲　この写真の友枝さんを見ていると、実に幸せそうでしょ。

ワトソン　素敵ですね。こういうふうに自然に踊ることができるというのも、彼自身が、能を完璧《かんぺき》に理解していなければできないことなのでしょうね。

白洲　理解しているといっても、頭ではなくて、身体が知っているんです。だから老いた今、無心で舞うことができるんです。そのかわり、お能の説明をしたり、芸のことなんかぜんぜん話せない方です。いつもにこにこ笑っているだけで、芸の方は身体で表現することしかできません。もしかすると、それが本当かも知れませんね。

ワトソン　写真を見ているだけでも、その美しさが伝わってきます。実に優雅。

白洲　彼はもう「何やっても平気」なんですよ。私は、お能は今、友枝さん以外は面白くないのよ。友枝さんが女の役になったときなんか、もう、本当に可愛《かわい》くて可愛くて……。
ワトソン　こういうお年寄りになりたいものですね。
白洲　私もそう思っているんですけど、なかなか思うようにいきません（笑）。ところで、ワトソンさんは神道にもお詳しいのでしょ。
ワトソン　私は今もアニミズム的な伝統を信じる人々の多いアフリカで生まれ育ちました。日本を訪れて、初めて神道という宗教に触れたとき、私は何と素晴らしい宗教かと思った。まるで〝生きた化石〟といってもいいかも知れません。大変古い伝統を持っていると同時に、しかも神道は今でもまだ人々の生活の中にしっかりと息づいている。昔と変わらないその形、儀式、信仰、方法、場所……。今のような現代社会の中にですよ、驚きでした。
神道の勉強をするのは実に大変なことでした。何しろ神道には、キリスト教の聖書にあたる入門書のようなものがない。私のような外国人や初心者にもわかるようなテキストがないんです。最初は、はっきりいってほとんどわからなかった（笑）。しかし、私が挫折《ざせつ》しそうになると、「神道を頭で理解しようとするな、心で感じとれ」とか、日本の方々にいろいろと教えていただきましたよ。
白洲 ワトソンさんは、いろいろな方面のいい〝先生〟を日本にお持ちのようね。
ワトソン 南アメリカ・アマゾンのヒバロ族と一緒に彼らの土着の宗教について研究したことがありました。ところが、彼らが行う宗教の儀式について私が質問しても、彼らは自分たちがやっていることを説明できないんです。自分がやっていることを説明できないというのは、その行為自体が目的や意味を超越してしまっているからでしょう。日本の神道も同じかも知れません。
白洲 神道には、言葉というものがありませんから。
ワトソン その通りです。私たちが神道を言葉で理解するのは無理なのです。

神とゴッドの違い

白洲 神道は、仏教を利用する、みたいなところがあったと思いますね。仏教にはきちんとした理念があったし、言葉も持っていたから、仏が神に化身したように言いますが、私はその反対だと思います。言葉を使う仏教の教えに、神道がうまく乗っかった。仏像を真似《まね》て神像をつくったり。もう千年も前に、在来の神と国外からもたらされた仏とがうまく同居してしまった。それを「混淆《こんこう》」といっています。しかし明治時代、徳川幕府がなくなって、天皇の時代になると、宗教も「仏さんはいらない、古来の神さんだけにしよう」ということで、お寺をどんどん潰《つぶ》していったことがあります。ところが〝仏さん〟なかなか潰れなくて、今でもどこへいっても神仏は一緒。伊勢《いせ》神宮を知ってます？　天皇家とあれほど関係の深い伊勢の中にも、実は今も仏教のお寺があるんですよ。世の中の政治がかわっても、人間の内にある信仰心というものは、そう簡単にはかわらない。

ワトソン　私が思うに、人類が他の動物と大きく違うのは、私たちは信じることができる動物だということです。

動物の中には、私たちと同じように、道具を使ったり、コミュニケーションをとったりと、知恵を持った動物がたくさんいる。しかし、非常に象徴的な「信仰」という概念を持っているのは、人間だけです。

「宗教」というのも、長い間かかって世代から世代へ順繰りに伝えられてきた人類の仕組みの中から必然的に生まれてきたものだと思うんです。つまり、人間の文化が宗教を生み出してきた。世界にはさまざまな異なった宗教があって、信仰の対象となる神もまたさまざまですが、〝信じる〟という本質的なことは同じだと思います。

ただ、神道《しんとう》に根ざしている「神」という観念をそのまま英語で「ゴッド」と直訳すると誤解を招くでしょうね。
白洲 言葉って難しいものなのよ。単純に英語を日本語に、あるいは日本語を英語に訳してしまうのは問題です。
ワトソン その通りです。例えば科学の分野では、「津波」を英語に翻訳せずにそのまま「ツナミ」と呼んだほうが理解しやすい。神道の「神」は、そのまま「カミ」というべきでしょう。
白洲 私もそう思う。例えば富士山なんかを見るでしょ。すると普段あまりそういうことを思わない人でも、つい富士山を拝んじゃうのよね。それで自動車で高速道路を通るとき、つい遅くなっちゃって困る（笑）。私の小さい頃、あの富士山の麓《ふもと》に別荘があったのよ。毎日、富士山を見て過ごしたんです。楽しかったわ。何ていうか、富士山は私の神様なんです。「神」と崇《あが》められる山は日本の各地にたくさんありますよ。
ワトソン 火山でですか？
白洲 いや、火山だけに限らない。古代から信仰の対象となっている山があるの。奈良の三輪山なんかもそうだけど、そこでは山すべてが聖域なんです。「カミヤマ」なの。私の両親の故郷は鹿児島、薩摩《さつま》なんですが、あそこにも薩摩富士の名前で親しまれている開聞岳《かいもんだけ》という山があります。本当に富士山のように綺麗《きれい》な形の山で、そこも山全体が「神」なんですよ。

ワトソン　西洋では、富士山は「神の住む場所」と教えられました。でも、それは違うのですね。富士山そのものが「神」なんですね。しかし、それはなかなか私たち西洋人にとって理解しがたい。西洋人は、絶対的な神と個人との関係を考えるからです。

白洲　そういう風に分離する以前の形。もろもろの山を従えて、その上にひときわ高く、雪を頂いて聳《そび》えているから、日本人にとって富士山が「カミヤマ」の代表になるわけね。だから、それに似た形の山は薩摩富士とか、近江《おうみ》富士とかよばれるの。

ワトソン　アフリカのキリマンジャロも、そうすると〝キリマンジャロ富士〟とでもいうんでしょうか（笑）。

白洲　日本にあったら、そうなるわね（笑）。

実は相撲も神道と深いつながりを持っているんですよ。例えば、あの土俵は神聖な場所で、土盛りの下にちゃんとお供え物を埋めてあるんです。土俵も神様の場なの。ワトソンさんは、「ひとり相撲」をご存知？

ワトソン　ええ、知っています。大三島へ撮影に行った時のことでした。年老いた一人の神主さんにお会いしたんですが、彼はいまだに「ひとり相撲」をとるそうで、それを見せてもらったんです。神社の前に立派な土俵がしつらえてあり、彼はまわしをつけて土俵にあがります。正装した行司が別にいますが、目に見えない神様と闘う力士は彼一人。一人で仕切り直しをする。まだまだ、早い、とかいってね（笑）。取組がはじまり、行司「のこった、のこった」。三番勝負なんですよ。最初は神主が勝つ。そして二回目は神主の方が負け。ここまで引き分けです。ついに三回目、熱戦が繰り広げられますが、そこで神主の方が負けるんです。やはり、戦った相手は神様ですから負けるのが筋というわけです。そもそもこの儀式は農作物の豊作を願うところから始まったそうですから、その豊作の神様に負けないと次の年の豊作が望めない。

私は、相撲のルーツはここからきていると思うんです。ここにも神道の思想の根源の一つである農業との関わりがある。その意味でも相撲は実に神道に近い。スポーツとして考えられるようになったのはずっと後のことでしょう。レスリングのような、相撲に似たスポーツはたくさん中国や韓国で生まれましたが、相撲は純粋な日本のスポーツです。

白洲　人が二人いれば、どこの国でも闘う形は必然的に生まれるものですけど、相撲という型に仕上げたのは、日本独自のものですね。

ワトソン　実は、イギリスの観客に相撲の最後に行う弓取りの儀式とか、四股《しこ》を踏む意味とかを教えたいんですが、私にはどうもうまく説明できない。

白洲　四股を踏むっていうのは、あれはやっぱり〝地を踏み固めて鎮《しず》める〟儀式なんですよ。下半身を鍛えるために稽古《けいこ》でも繰り返し行われますが、取組前の「四股」は、単なる準備運動ではなくて、地にひそむ悪霊《あくりょう》を踏みつけて、出てこないようにする。弓取りも、山伏なんかの場合は、空へ向かって矢を放ちますが、天地の悪霊をやっつけるという意味を持っている。

ワトソン　なるほど。よくわかりました。

イギリス版〝お水取り〟

白洲　ワトソンさんは、「お水取り」に行かれたことはありますか？

ワトソン　いいえ。どういったものなんですか？

白洲　天平時代の昔から今日まで、ずっと続いている、奈良の東大寺二月堂の行事です。この行事がすむと春が来ると言われているのよ。二月堂は東大寺のなかの一つのお堂ですが、そこでいくつもの大きな松明《たいまつ》が焚《た》かれて盛大なセレモニーが行われる。やっぱり神道と仏教とが一緒になったものです。

ワトソン　火が寺院の中で焚かれるんですか？

白洲　もちろん。寺院の外でも中でも焚かれるんですよ。火だけでなく、水が主役なの。井戸水を汲んで加持祈禱《かじきとう》し、香水《こうずい》として二月堂のご本尊の十一面観音に捧《ささ》げる儀式なんです。水は、二月堂の下にある「若狭井《わかさい》」という神社から汲み上げるので、お水取りというのよ。

ワトソン　興味深いお話ですね。実は、イギリスでも同じような儀式があるんですよ。春に行われるお祭りで、やはりウェールズ地方の水をとってきて、花で飾りつけをするんです。その水はやはり「聖なる水」として、教会に祀《まつ》られます。

白洲　水は、国を問わず原始の時代から神聖なものとして扱われてきたんですね。

ワトソン　そうですね。水を「聖なるもの」とみなす信仰は、世界的だと思います。

白洲　このお水取りはね、まるでドラマを見ているかのように素敵な儀式なの。松明を堂内で振り回したり、お坊さんが身体《からだ》を床に投げ出して祈ったり、コーラスのようなお経の合唱があったり、実にエキサイティングでドラマティックなお祭りです。ぜひご覧になって欲しいと思います。

　ところで、先ほどワトソンさんはアフリカでお生まれとおっしゃったけど、どの国の血が流れていらっしゃるの？

ワトソン　母方はオランダ系で、父方はスコットランド系ですが、家族は、六代にわたってアフリカに住んでいました。そんな環境の中で育ったせいか、私は昔から自然が持つ霊魂といったものを信じています。

白洲　西洋の宗教については、どのようにお考えですか？

ワトソン　西洋には、キリスト教やユダヤ教、イスラム教など、いくつもの宗教がありますが、それらはみな一神教で、神道のような多神教の宗教とは全然異質なものです。一神教の宗教は、まず伝道や布教活動が中心となります。つまり自分達の宗教を広めなければならないという、確固たる信念がその根底にある。

一方、原始的宗教やアニミズム、それに神道などの多神教は、伝道を目的にした宗教ではありません。いいかえれば、すべてを包括しようという宗教なわけです。排他的でないんです。そういう許容力のある宗教は、自分の身のまわりの出来事に対して素直に接することができる。逆にキリスト教の新しい会派などには、他者を除外しようとする排他的な要素が強いものが多いですね。私はアフリカ育ちですので、やはり原始宗教やアニミズムに共感を覚えます。日本を訪れて、神道はそうした私の考え方に非常に近いものがあったんです。

白洲　ちょっと話がそれますが、私たちは、キリスト教の、つまり一神教のお蔭《かげ》をこうむって、現代のような生活をすることができるんで、……そのどちらに偏《かたよ》ってもまずいですね。日本人が、両方持っているというのは、幸せなことかも知れないし、大変むつかしいことでもありますね。日本にワトソンさんが来られたというのは、ある意味でワトソンさん自身を見つけるということでもあったわけね。

ワトソン　勿論《もちろん》そうです。私は生涯そういった自分自身の可能性を見つけていきたいと思います。私は自然主義者ですし、いつも自然の中に真理が存在すると信じていきます。岩、花、池、そして木が神だといわれても驚きません。子供の頃からそうした考え方をしてきたんですから。

白洲　説明されたからといって、理屈でわかるものではないですしね。

ワトソン　そうですね。

作家は運動神経

ワトソン　白洲さんは、今もたくさんの執筆をこなされていますね。

白洲　ええ、でも最近ね、原稿を書くってことは、身体に負担がかかるとお医者さんにいわれましてね、薬をもらっているんですよ。若い時はさほど感じませんでしたけど、物を書くってことは何よりも疲れます。歳《とし》をとってから、特にそういうことを感じますね。

ワトソン　そうですか。実はアフリカにいた時、ケニアの学校で教えていたのですが、その時に面白い事に気づきました。というのは、子供たちに本を読ませるんですが、本を読めば読むほど彼らは、もっと洋服を着なければならなくなるんです。へんな話ですが読み書きを覚えるようになると、人間の脳が違う働きを必要とするらしく、体力をかなり消耗するんですね。今まで裸で走り回っていて平気だったはずのアフリカの子供たちが、次第にそれに耐えられなくなってしまうんです。だから「原稿を書く」という作業は本当に大変なことなんですよ。

白洲　初めて聞きました。体温をつかさどる能力と、読み書きとの関係なんて……面白いお話ね。

ワトソン　物を書くと、右脳と左脳の両方を使うんです。ですから読むときよりも二倍疲れるかも知れません。

白洲　だから、小林秀雄《ひでお》さんが私に「物を書くということは、七割が運動神経。あとの三割が頭で」とおっしゃったのね。じっと座って書くというのは大変なことなのね。なんていうか、あるリズムが必要なの。音楽とか踊りだと身体の動きでリズムを創《つく》り出せるけど、じっとしていてリズムに乗るのは何か不自然ね。でも文章はのり過ぎてもまずい。
ワトソン　書き続けるのも苦痛ですが、白紙の原稿用紙を目の前にするほうが、もっとぞっとする（笑）。
白洲　でも、どうしても書かなくては表現できないことってあるわね。しゃべったんじゃ通じないということがある。
——しかも白洲さんは、ただじっと座ってお書きになるだけでなく、日本全国を歩いていろいろな所を見て回って、沢山の文章を残しておられますよね。
白洲　ずいぶんと険しく不便な所も歩き回りました。そのために、しょっちゅうトレーニングもしましたけど。自分の足で歩いて景色を見てると、景色が教えてくれるものがあるんですよ。資料や文献が教えてくれないような歴史とか宗教とか。それは楽しいんだけど、帰ってきて机に向かうと、途端に地獄の苦しみになる。
ワトソン　人の「知る」ということには二通りあるのではないでしょうか。一つは、自分で山を歩いて森や小川のせせらぎなどを楽しむといった、純粋で主観的な体験です。
しかしもう一方で、そういった純粋な体験を、今度は他人に伝えようとします。

「きょうはどこどこへ行ってきて、こんなものを見た」と。このとき言葉で事実だけを説明するのはたやすいことですが、体験した事実を通して知ったことを伝えるのはとても難しいことですね。

——ワトソンさんが日本に最初にいらしたのはいつですか？

ワトソン　一九七五年です。船に乗ってきたのですが、その船が最初に寄ったところが神戸でした。そこで、はじめてお寿司《すし》を食べました。感動しました。実に美味《おい》しかった。これはもう、私にとって一つの宗教的な体験だったと思います（笑）。

白洲　そんなにお寿司がお好きなの？

ワトソン　もし、監獄で人生最後の食事は何がいい、ときかれたら迷わず私はお寿司を選ぶと思います。口の中にトロを入れて死刑台に向かうかもしれません。そしたら幸せに死ねる（笑）。

白洲　わさびも大丈夫？

ワトソン　わさびは、ちょっと面白いですよ。他の国にはない、日本だけですね。西洋のチリとかペッパーといった香辛料とは全然違います。口にした時のインパクトは似ていますけど。チリやペッパーは、食べると身体が熱くなって精神的に興奮させるような作用がありますが、わさびは逆に鎮静させる。緑色というのもいいですね。自然の色ですよ。

白洲　自然といえば、日本の名前って、ほとんどが自然からとったものなのよ。特に姓はね。白洲も「白い砂浜」です（笑）。

ワトソン　自然が一番ですよ（笑）。

白洲　（写真を見せながら）そして、これが、私の家です。

ワトソン　なんて素晴らしい！　アフリカにもこういう草の屋根があります。屋根が息をしている感じがしますね。

白洲　ほんと。ワトソンさんは、アフリカに家をお持ちなの？

ワトソン　いいえ。でも父は、まだアフリカに住んでいます。父は精神科医なんですが、私も二年に一度は戻るようにしています。

私が今住んでいるのは自分で改造したボートなんです。「アマゾン」号と名づけて、今フロリダに浮かべています。ボートには、ふつう女性の名をつけるんですが、このボートは〝タフなレディ〟の意味をもつアマゾネスから「アマゾン」と命名しました。このタフなボートで世界中をまわっています。

白洲　河合隼雄さんも患者をご覧になるんですが、病気を治すのは医者でも薬でもない、空気や風が、自然がほんとうは治してくれるっておっしゃるの。ワトソンさんのように、ボートの上で生活すれば病気なんて、一発で治るわね。

ワトソン　それが一番ですよ。世界中どこへでもそのボートで行けますしね。ボートに乗っていると、潮の満ち引きを身体で意識するようになるんです。潮の満ち引きとはつまり、月の満ち欠けと関係があるわけです。日の出と日の入りも意識するようになります。日が沈めばボートを停める。日が昇ったら、また動く。つまり、ボートでの生活というのは太陽と月と神とを常に意識せざるをえない。そうやって地球を再発見するわけです。

白洲　ところでね、ルナティックっていう言葉があるでしょ。日本語に訳すと「精神異常者」っていう意味になるんだけど、どうして月と精神異常がくっつくのでしょう？

ワトソン　ルナティックとは、本来は「月に影響された」の意味なんです。なぜ、精神異常かというと、満月の時には人は違った行動を起こしやすいといわれているんです。これは統計的にも証明されているので、ニューヨークやロスでは、満月の時には警察の警備も厳しくなる。殺人や放火、レイプなどの犯罪が多くなるんだそうです。

白洲　何か、人の血を騒がすものがあるのかしら？

ワトソン　この考えは、西洋ではもう大昔から言われていることです。例えば昔のイギリスの法律には、満月の時に何か犯罪をおかしても減刑というのがありました。本人だけの落度でなく、「満月という状況下にあった」ということが認められるのです。

白洲 ほんとなの？

ワトソン ほんとです。満月だったから、自分の意思とは反するおかしな行動をとったのだろうと（笑）。

白洲 じゃあ、何か起こしそうになったら、満月の時を待てばいいのね（笑）。

ワトソン そうですね。でも、それはもう昔の話ですよ（笑）。

白洲 日本人の月への関心もとても古いのよ。私は今でも十五夜には、ススキやお団子や野菜を盛ってお供えしています。十六夜《いざよい》の月とか立待月とか、居待月とか、月の出を待つ時間にも名前がついているんですよ。十五夜とか十三夜を名月にして拝むの、ご存知でしょ。

ワトソン 前に大本教のところへ行った時、出口直日さんのお母様が、私をお月見に誘って下さったことがありました。それもお月見用の部屋を用意してくれて。

白洲 桂《かつら》離宮にもお月見用の縁側がありますよ。

ワトソン （名刺に描いてある船のスケッチを見せながら）このボートが私の月見用のテラスです。

白洲　まあ、素敵！　今度ぜひ私の家にいらして下さい。とっておきのお茶で、おもてなししますよ。そして、お寿司もたくさん召し上がっていただいて（笑）。

ワトソン　「スシ・セレモニー」ですか、いいですね（笑）。

――その時、一緒にお月見もなさったらどうでしょう。

ワトソン　それは大変いい話ですね。楽しみです。

白洲　これから「アマゾン」のところへお戻りになるのね。

ワトソン　ええ（笑）。

――きょうは、どうも有り難うございました。

白洲　ボン・ヴォァヤージ！

ワトソン　グッバイ、ガールズ！

樹海でおしゃべり

高橋延清《のぶきよ》

一九一四年岩手県生まれ。森林学者。愛称「どろ亀《がめ》さん」。北海道富良野《ふらの》市の東大演習林を拠点に研究一筋、天然林育成の「林分施業法」で世界的にその名を知られる。二〇〇二年没。

一九九二年　北海道・富良野《ふらの》にて

高橋　やあ、ようこそ富良野へ、お姫様!
白洲　やっぱり「お姫様」ですか?　こないだお手紙にそう呼ぶから覚悟しろって書いてらしたけど……。
高橋　いやあ、やっぱりお姫さんだ。ぴったりだ。そう呼んでもいいかって手紙に書いたらその返事が傑作で、お姫さんでもいいし、「気違い婆《ばあ》さん」か?
白洲　「気違い婆《ばば》あ」でもいいって(笑)。
高橋　そうなんだ。気違い婆あでもって。おれね、その時「婆」という字が読めなかったの。気違いなんだったべなと。そしたら家内が崩し字読めて、「ばばあ」だってんだ。そりゃ驚いた(笑)。
白洲　なんでも結構ですからっていったんだけど……。でも、どうして「お姫さん」なの?
高橋　まあ、理屈はないんです。直観だ、これは。それでね、今朝、家を出るとき、僕は家内に聞いたんだ。ほら、浦島太郎さんの、亀《かめ》の背中に乗って来て見ればばって歌があるでしょう。

白洲　竜宮城へいくの？

高橋　そうそう。それがどういう歌詞だったか、歌ってもらったんだ。そしたら、そこにお姫さんが出てくるでしょう。こっちが「亀」だから、こりゃちょうどいい！

白洲　樹〝海〟の竜宮城だ（笑）。

高橋　だからやっぱりどんぴしゃりだ。しめたと思ったね。

白洲　じゃあ、「亀さん」「姫さん」でいいわね。

姫さん　こないだ、エッセイに亀さんのこと「老いのたのしみ」（『夕顔』新潮社刊所収）ってテーマで書かせていただきましたけど、お読みになった？　私、亀さんに実際にお会いするまでは、本当に山にこもった仙人みたいな人だと思ってたのよ。だって、東大の名誉教授だっていうのに、一度も教壇に立ったことがないっていうし、五十何年も北海道の森から出ておいでにならないというから……。

亀さん　いやあ、お姫さんのあのエッセイね、どろ亀さん、とても得意さ。これは大した評価だ。亀さん喜んでいる。

姫さん　私のところにこのごろ「豊かな生活」だの「豊かな精神」について、若い人がやたら聞きにくるんですよ。そんなことといったって、右から左に豊かになんかなれないんだよ、こっちは八十二年かかってるんだぞって答えてるんですけど。でもね、亀さんは「老い」を楽しんでらっしゃる。若いころには見えなかったことがいろいろ見えてくる、これがなんともいえず楽しいことだなぁ——と。そういうもんなんですよね。私、亀さんのそんなところに、とても共感したんです。

亀さん　「老いのたのしみ」ってね、読んで、どろ亀さんにはわかるんだわ。お姫さんだから書けるんだ。なぜならば、どろ亀さんが、お姫さんの最近感じている世界と、同じ世界にいるからですよ。

姫さん　年をとると、怒ってくれる人がいなくなっちゃうでしょう。私の先生たち、みんな死んじゃった。それで、一時はがっくりきちゃって……。まあ、生きてる時は怖かったんですけど、死んじゃうと、今度は頼る人が一人もいなくなるの。やっぱり、まだ生きていれば何か難しいことがあったときにいつでも行けるという、なんか甘ったれ心があってね。あるんだけど、死んじゃうと今度はそれができなくなっちゃうでしょう。それで初めて一本立ちできたような気もするのだけど（笑）。私なんか、もう甘ったれだから……。でも、年をとらなくちゃ、わからないことってあるんですよね、わかる必要もないし。それを最近、流行《はや》りみたいに若い人が気にしているから……。だから、亀さんが「年をとると見えてくるものがある」っておっしゃって、夜の森で、何も見えない真の闇《やみ》の中で揺れる一枚の葉の気配を感じる、それを動かしているのは、風ではなくて宇宙の「気」としかいいようのないものだ。そういうささやかなもの、ひそやかなものをこよなく愛する——というお話をして下さったのが、とても印象に残ったんです。

亀さん　老いったって、どろ亀さんは過去のことにはぜんぜんこだわらないんです。いつも夢ばっかり追ってるから。

森を泣かせるな！

姫さん　亀さんのいらっしゃる東大演習林って、広さはどれくらいなんですか？

亀さん　二万三千ヘクタール。一ヘクタールは一町歩と同じで、一町歩は三千坪。といってもわかりにくいでしょう。東京の山手線内の三倍くらいの広さだな。この森の中を走っている林道の延長が八百何十キロもあるんだ。

姫さん　すごい！　そこで亀さんのやってらっしゃる学問はなんておっしゃるの？

亀さん　なんだったべな（笑）。いやいや、「林分施業法《りんぶんせぎょうほう》」というんだ。林を分ける

――森の中には、針葉樹ばかりのところもあれば、広葉樹のところもある。両方が混じっているところもある。そのひとつひとつの小さな森の区分を「林分」というんです。「施業」というのは、林学の言葉でね、作業のことなんだ。天然林を対象とした研究だな。こないだ賞をもらったのも、それだよ。

姫さん　そうそう、日本学士院エジンバラ公賞。その時の亀さんの感想が傑作でね、「百年くらいたったら認められるだろうと思っていたら、案外早かった」って（笑）。

亀さん　いや、ぼくはね、本当にそう思っていたんだ。森のサイクルってのは何百年単位だから、未来のことしか考えないの。そしたら、世の中の変わりが早くてさ……。

姫さん　「木《き》を伐らなくちゃだめだ」と亀さんはおっしゃってますよね。今、ただ大きな木だからなんでもかんでも大切にしようっていうのが流行ってるでしょう。それも、自然と本気で付き合ったこともない人たちが、ヒステリックになってね。私、あれがとてもいやなのよ。

亀さん　まず、木を伐ることから始まるんですね。森をただジャングルのようにしておいてもだめなんだ。人間と森が共存していかなければね。伐るべき木をどんどん伐ると、森の能力が高まっていく。

姫さん　だけど、やたらに伐ればいいということではないでしょう？　ちかごろは、伐るといったら山を裸にしちゃうんだから……。

亀さん　世間では木を伐るなとキャーキャーいってるけど、確かに、原生林というのはまことに少ないから、そういうところはいいんだ。だけど、一般の森というのは木を伐ることから始めなきゃ。どんどん木を伐る。伐るたびごとに森が発展するようにね。森に人間がかかわっていくかぎり、どのように作業していったら森が発展するかということは、これは人間として考えるべきことだな。人間は目先のことしか考えないけど、森には森の動きの時間があるんですよ。ゆっくり、ゆっくりと動くんですね。ゆっくり動いて、決して止まらない。

姫さん　そうですよね。植物だったら、たとえばお庭ひとつつくるんでも何十年単位ですものね。でも、他の人には区別がつかないんですよね、亀さんが選んで伐ってるということと、お役人が目茶苦茶に伐っているのと……。

亀さん　そうそう、あれは単純作業だね。上の者は号令だけかけて、全部伐ってしまう。その時は単純に儲《もう》かったような気になるんだけど、後が大変だ。お役人にしてみれば、その年の会計収支だけで評価されるから、いい仕事をしたと評価される。しかし、お役人は次から次へと代わるわけでしょう。だれでも自分のときにいい仕事しようとするものですよ。だけど、森との付き合いで、その場限りのことをしていたら、森というものは必ず人間の行いに対して反応するんですよね。悪いことばかりやっていると、森は泣いているんです。だから、森の動きにあわせて、何百年単位で考えないと。どんな森も、数百年単位で考えると、同じものなんですよ。今だけ見ればここには広葉樹が多いだとか、ここは小さな木ばかりだとか、様々ですが、それは、どろ亀さんが煙草《たばこ》をふかしていたり、ベッドで寝ていたり、お酒飲んでいたりしても、どれもどろ亀さんに変わりがないことと同じなんです。そして、すべての森は極盛相《きよくせいそう》に向かって進んでいるんです。

姫さん 〝キョクセイソウ〟ってなぁに？

亀さん 森が最後にいきつく姿が極盛相（クライマックス）なんです。針葉樹と広葉樹が入り交じって、針広混交の多相になる。この極盛相は生物の種類が一番多くて、環境保土壌も一番深い。森が最も安定している姿です。だが、毎年の木材生産能力や環境保全に対しては、極盛相の一歩前（プレ・クライマックス）の方が能力が高い。風や昆虫のアタックにも強い。これが森の理想の姿なんです。どんな森もぐるぐる回って極盛相に向かってゆく。しかし、自然のままでそこに到達するまでには何百年もかかってしまうんですね。だから、我々が……。

姫さん 手助けをするんだ。

亀さん そう、人間がちょっと手助けすることで、針広混交林に向かうようにコントロールしてやるんだ。そうすると、森が安定してどんどん価値を生んでゆく。あとは何年かの回帰年をみはからって、収穫だけすればいい。北海道では、東大演習林が一番、単位面積あたりの木の収穫量が多いんですよ。そして伐るたびに、どんどんよくなってきている。

姫さん 手助けって、どんなことなさるの？

亀さん 原生林というのは、多相ではあるんですけれども、一番上の背の高い木が、人間でいうと百歳を越えているんですよ。もうヨボヨボの老人なんだ。ところが、その老人が太陽エネルギーという御馳走《ごちそう》を、上で遮って、みんな食べてしまって、下の方には光を与えない。だから、そういう木を伐って、若い木もどんどん伸びてこれるようにしてやるということですね。生長量が多いということは、それだけ炭酸ガスを吸収し、酸素を吐き出す量も多いわけだ。活力のある森にしてやるということだね。

姫さん 人間の社会でも同じですね。上の者ばかり御馳走食べて……。

亀さん 全くの原生林だと、生長量と枯れていく木が、プラスマイナス・ゼロなんですね。それでは人間が生活に必要なものの収穫はできないんだ。逆に、全くの人工林だと、皆伐した上に、また一から植え直さなきゃならんでしょう。ものすごく経費がかかる。我々がやってる森の管理は、初めから百年先のことを考えて、森を少しずつ回転させているわけだ。具体的には、木を植えること、木を伐ること、道路をつけること――これは哲学的にいえば、みんな同じことなんです。森を発展させるということにおいては。

姫さん　亀さんは、いつも百年先のことを考えてやってる。

亀さん　簡単な道路をまっすぐつけて、いっぺんに収穫してきて、早く出してしまうと、そりゃ効率はいいかもしれないが、無理に動かすと土砂崩れはおこる。病気になる。虫がつく。鼠《ねずみ》がかじる……。だから森の生態系を保ちながら、森の時間に合わせて、林分ごとに無理なく動かしてやらなければだめなんだ。

姫さん　どの木を伐るのかは、どこで判断するの？

亀さん　それはね、ダンスと同じなんだ、森の木を伐るか伐らないかは。

姫さん　えっ、ダンスですか？

亀さん　ダンスの場合は、最初の時には右足を出せとか、左足はこうだとか、音楽がこうだからどうしろだとかいうことから習ってきて、まぁ、大変なもんだ。おれもね、ダンスどころか音楽も大の苦手なんだが、ヨーロッパに行った時に……。

姫さん　まあ！　おやりになったの。

亀さん　そうでないと、パーティーに呼ばれても独りぼっちになっちゃうでしょう。あれ、何の話だったべな……。

姫さん　どの木を伐るかってお話。

亀さん　そうそう、つまりね、ダンスでも右足がどうの、左足がどうのということではなくて、もう音楽が鳴りだすとすうーっと入っていけるでしょ。それと同じだ、どの木を伐るのか伐らないのかなんてのは。もう直観でわかるようになる。そういうもんなんです。

姫さん　そういうことを森から直接学ばれたんだ。直観といったって、その直観を生み出す土台がしっかりしてるから、初めてわかるんですよね。それは能でもなんでも同じ。

どろ亀さんの〝遠野物語〟

姫さん　亀さんがお生まれになった所、大変な山奥なんですってね。岩手県の沢内村とおっしゃったかしら。今はどんな感じですか？

亀さん　いや、今はもう便利になりましたよ。昔は岩手県のチベットなんていわれた、川に沿った細長ーい村、褌《ふんどし》みたいな村だ。そこに田んぼがあって、あとは森。今じゃ冬でも自動車もバスも通ります。

姫さん　でも、悪くなってはいないんざんしょ。昔のままで……。

亀さん　まあ、変わったね。過疎《かそ》になったことは間違いないな。

姫さん　林道ができて、みんな村を捨てて下に下りちゃって過疎になるって、あれ、かわいそうね。飛驒《ひだ》にもそういうところがあって、そこはホオノキがたくさんあるところで、もう全村、ホオでとてもいい杓子《しゃくし》を作っていたんです。それが全村下りちゃったんですよ。そして工場みたいな、木工所みたいなところにはいっちゃって、みんなつまんない仕事しているのよ。あれ、道さえつかなかったら昔のままで楽しくやっていたのにね。でも一人だけ頑固なじいさんがいて、残って作っているの。

亀さん　沢内村も山村だから、産業といったら農業と林業ですね。

姫さん　でも、亀さんのお家はお寺だったんでしょう。

亀さん　ぼくはもう、生まれながらにして坊さんになる運命にあったんです。小さいときにお寺にもらわれていったんだ。そこの坊守というのがぼくの母の姉なんですね。ところが、ある夜、寝ているとそのお寺の庫裏《くり》の方から廊下に向かってゴロンゴロンと、何かが転がるような音が聞こえてきたんだ。するとおばさんが「あれは魂が迷っているんだ！」っていうんですね。そしてお寺の本堂に駆け込んで、鐘をカーンカーンと叩《たた》いたんです。そしたら音がピタッと止《や》んだんです。そのことがまあ、おっかなくてね。お寺を飛び出して、逃げて帰っちゃったんだ。まあ、それがよかったんでないかね。ぼくにとっても、お寺にとっても……。でも、あれ以来、ぼくは魂の存在を信じるようになったんだ。

姫さん　『遠野物語』みたいね、ほんとに。

亀さん　ものすごい山奥です。北上山中の山奥で育ったんですよ。でもね、そういう育ちの環境というものはね、一生つきまとうものなんだ。だからぼくは「どろ亀さん」だし、こちらさんは「お姫さん」の環境で育ってね、今でもお姫さんが……。

姫さん　抜けないの（笑）。

亀さん　育ちというものはそういうもんなんだ。

姫さん　八歳くらいまでで決まっちゃうもんらしいですね。

亀さん　そう思うよ。人間的な環境もあれば自然的な環境もあるだろうけど、そこで人間的な土台が決まるんだ。日本人の場合にはもう人生九十年の時代になった。九十年生きるということは容易なことでないよ。

姫さん　そういえば、郷里の小学校で授業なさったんですってね。

亀さん　あれはNHKの番組で放送されたもんなんだけど、「ドングリの一生」というテーマで授業をする予定だったんだ。シナリオもできていたし……。ところがね、亀さん、講演が苦手だから、スピーチの前にはいつもがっぽり飲むんですよ。それで気持ちを調整するんだな。そのときさえ調整すれば、もうなんでもないんだ。シラフの時の〝高橋延清〟は講演を引き受けたりする雑用係で、講演するのは飲んで出来上がった〝どろ亀さん〟なんです。ところが、いよいよ舞台に立った時には、もう〝どろ亀さん〟は〝延清〟のいうことなんかきかないんですよ。ブレーキがきかんわけです。そういうわけで、題なんか決められてもこまるんだ。

姫さん　でも、小学生の前で酔っぱらうわけにもいかないでしょう。

亀さん　実は前の晩も三時くらいまで飲んでたんだ。そして学校にいって、いつものように調整しようと思ってウィスキー出したら、校長先生がね、あまり飲まないで下さいっていうんだ。酒臭いんだよ（笑）。そういわれて、すっかり調整に失敗してね。

姫さん　くるっちゃったんだ（笑）。

亀さん　なにがなんだかわからんうちに始まっちゃった。ただね、校庭に入るとき、小さいときに見た桜の木が大きく育っているのがチラッと目に入ったんだ。そこに苔《こけ》がついていて。それで、あー、いよいよになったらあれだなっと思ってた。さて、教室に入ったら、五年生のクラスなんだが、二十人くらいいたかな。そこにテレビカメラが二つも入ったもんだから、もうみんなびっくりしちゃってね。女の先生も、ぼくを紹介するのに歳《とし》を間違えたりしてね。そしてどろ亀さんも「ハテナ」と思ったまま立っちゃった。シナリオもなにも頭にないから弱っちゃってね。しょうがない、どろ亀さんは森の世界の人だから、森の話をしようと思ったんだ。だけど、なかなかみんなニコッとしない。ところがね、ぼくの兎《うさぎ》さんのウンチの詩をね「兎さん走りながら／ポロン　ポロン／ウンチする……」とやったら、だんだんニコッとしてきたんだ。NHKはあわてたね。シナリオがちっとも出てこないんだから。それでもう少し続けてくれってサインを出すんだけど、おれ、もういやになったんだ。それでね、「どろ亀さん、ここに入ってくるときに宇宙人見たぞ！　校庭だ、見に行くか？」っていうことになったら「ウワーっ、行こう！」っていうことになって。

姫さん　子供たち、喜んだでしょう。

亀さん　もう勢いがついて大変さ。カメラマンは泡くって……（笑）。それで桜の木の下に行って、苔を見ながら、あれが宇宙人だよってことで、とてもいきいきした授業ができたんだ。

天皇陛下に魔術をかけた!?

姫さん　天皇陛下の前でもお話なさったんでしょう。

亀さん　札幌のオリンピックの開会式に見えた昭和天皇さんの前でお話することになったんだけど、一杯飲まないと話ができないでしょう。これには困った。

姫さん　大変だ。

亀さん　どろ亀さんね、緊張して、モーニングのようなものを着せられてさ、靴も、いつも山行きの靴しかはかないのに、黒い靴でなきゃいけないって、なんだか薄っぺらいのはいて。でもね、ご進講といえども、飲まなきゃ話せないからしょうがない。ところがあちこちに警官が立ってる、私服もいる。それでね、ポケットにウイスキーを忍ばせておいて、トイレに行ったんだ。そこまではだれもついてこなかったから。そこでカッと飲んだ(笑)。

姫さん　あらあら。

亀さん　飲みすぎて酒臭くなるようじゃだめだから……、あれね、酒臭くなるのは中で醱酵《はっこう》して、酔っぱらった時なんだ。グーっと飲んだ時には、そんなに臭くないんですよ。それでグーっと飲んで、知事公館の二階にトントンっと上がっていった。すると両陛下がそこにいらっしゃる。侍従長と女官長と宮内庁《くないちょう》の長官もいる。部屋に入ったらね、両陛下が立っておられるんだ。亀さん、緊張して「どろ亀林長であります」って自己紹介したら、天皇さんは真面目《まじめ》だから、ふっとこう、首を傾《かし》げられるんだ。ところが皇后さんがにっこりされたので、やっとリラックスして話を始めたんだ。

姫さん　どれくらいお話なさったの？

亀さん　四十分くらいかな。どろ亀さん、だんだん調子が出てきたもんだから、身振り手振りで話したんだ。「森というものは〝このように〟回転しているのであります」っていってね、両手をこう、輪をかくように大きくぐるっと回した。するとね、陛下はぼくの魔術にかかってね、いっしょになって頭をぐるーっと回されたんだ。

姫さん　あらあら、天皇陛下を回しちゃった！（爆笑）

亀さん　そうなんだ。魔術にかかって、ぼくの手を追っかけて回転されたんだ、ぐるーっと（笑）。その時にね、森のなかでの広葉樹の重要な働きについてご説明したんです。そうしたら、陛下は、うんうんと頷《うなず》かれるんですね。話が終わったあとで今度はご質問を頂戴《ちょうだい》した。その時に陛下は、「今まで植樹祭で針葉樹ばかり植えてきたが、広葉樹と混ぜて植えてはどうか」と、こうおっしゃったんだ。これを聞いて、どろ亀さんもはっとしましたね。

姫さん　わかってらっしゃるのね。

亀さん　そう、わかってらっしゃる。ぼくは、「私も針葉樹と広葉樹とを人工的に作る実験を始めて、まだ十数年にしかなっておりません。これからの重要な課題です」ということをお話ししたんだ。そしたら「そうか」といわれてね。ほかにも二、三、ご質問があったんだけど、それが終わったら、お茶の会に呼ばれたんです。その席にね、侍従長の、ほら、あの鼻の高い人……。

姫さん　入江相政《すけまさ》さんね。お公家《くげ》さんですよ。

亀さん　そう、入江さんがいてね、わりに派手なネクタイしておられたけど、「いや、今日は陛下がこうでした」と、その高い鼻の上に握り拳《こぶし》をふたつものせて見せたんだ。鼻高々ですっていうんだよ（笑）。陛下とどろ亀さんの心が通ったと、こういわれたんです。陛下は常々、広葉樹がいかに重要かということを入江さんや側近の人たちに話しておられたんだけれど、みんな上の空で聞いていたもんでご不満があったようだ。だけど、どろ亀さんの話を聞いて、それみたことか、といわんばかりだったというんだな。

立ち上がった〝緑の志士〟

亀さん　どろ亀さんは女性のファンが多いんだよ（笑）。若い時、意外にハンサムだった……こともある。

姫さん　いまだって（笑）。赤い帽子なんかとてもよくお似合いになるし。

亀さん　男性ファンはだめなんだ。割合からいったら七対三くらいで、七の方が女性だな。特に講演会なんかで本買ってくれるのは、圧倒的に女性の方が多いな。

姫さん　わからなくないわね。だって亀さん、むつかしい論文みたいなもの、お書きにならないでしょう。

亀さん　論文なんか……まあ、詩で論文を書いているようなもんだ。

姫さん　そうそう。このごろの詩ってつまんないから、私、あんまり読む気しないんだけれど、亀さんの『どろ亀さん』（緑の文明社）という詩集、とてもいいの。子供の詩みたいだけど、ちゃんと読めば、後になって、このことだなって思い当たることがあるのよね。あれがなきゃいけないんだ。「尺取虫」なんて傑作。

亀さん　ぼくは他の人の詩は絶対に読まないね。なぜならね、人の詩はとてもうまいんだよ。ところがそれを真似《まね》しようとすると、汚染されるというか……。

姫さん もう、言葉になっちゃうんですよね。なんだか感動が出てこないで。亀さんのは、なんていうか、やさしくわかるんです。いつもどこで詩を書いてらっしゃるの？

亀さん 手稲の山小屋。どろ亀さんの研究室になっているんですよ。研究室といっても、いつも焼酎《しょうちゅう》飲んでひっくりかえっているんだけど。この山小屋を作るにもいろいろあったんだ……東大を定年になって、やれやれと思ったら、それからなぜかよけいに忙しくなっちゃってね。講演だ、指導だとひっぱりまわされる。樹海の映画を作ったとき、トラブルに巻き込まれて借金背負ったこともあって、そんなこんなで、とても忙しくなった。そしたら、頭が分裂したんだな。ぼくは時々夢遊病者のようになるんだけど、誰かが頭の上で「どろ亀、このままだとお前はだめになるから樹海に帰れ」って言うんだ。ところがもう一人の人間が現れて「いや、どろ亀さんは会議に出たり、指導に行ったりいろんなことで大変な仕事をしているんだから、それでいいんだ」っていう。それで頭の具合が悪くなって、どうしてもこれは山の中に行かなくてはだめだと思ったんだ。本当は富良野《ふらの》の樹海に小屋が欲しかったんだけど、それができなくなってしまって……。

姫さん　町に住んでらっしゃれないんですよね。でも、亀さんはいつも山小屋にこもってるのかと思ったら、そうじゃないのね。

亀さん　そこで木の根っこになって朽ち果てようと思ってたんだけど……京都で、プラタナスの幹がガードレールをかじっているのを見てショックを受けたんだ。

姫さん　あの写真、忘れられません。あれは私なんかが見ても本当に胸が痛くなるわね。

亀さん　プラタナスっていう木は、樹皮がパカンパカンと割れてね、それが三種類の色に分かれて、いろんなデザインをするんです。

姫さん　ええ、してるしてる。

亀さん　うさぎさんやゾウさんが描かれていたり、これはテーブルクロスによさそうだとか……そういうのを、ぼくはカメラで撮ってスライドも作ってるんです。あれは昭和六十三年の秋だったけど、〝エリマキトカゲ〟と呼んでいる友人と二人で、京都の〝貧乏公家〟氏を訪ねて詩仙堂へ行く途中に発見したんだ。そして三人で平八茶屋に行って――平八茶屋というのは、維新の志士たちが新撰組《しんせんぐみ》に襲われたときの刀傷なんかが残っているところなんだけど、そこで「今日はプラタナスにショックを受けた。あれは人間を告発しているんだ。我々は立ち上がろう！」と宣言し、緑維新（グリーン・ルネサンス）に立ち上がったんだ。それで運命が変わっちゃった。

姫さん 下界に下りてらしたんだ。

亀さん 飛び出したんです。そのプラタナスを取材しておったら、道路の管理の人がきて、あれは怪しいぞってんで伐《き》ってしまったんですね。で、今度は標本にするからその木を欲しいっていったら、焼いてしまったというわけだ。

姫さん あら、まあ、ひどい。

亀さん それでいよいよ頭にきてね、弔い合戦だとばかり、老骨に鞭《むち》打って……。仲間の二人と一緒に、この京都宣言によって、世界人類の、いわゆる人間のわがまま、浪費生活のわがままを告発しようというわけで、そこから緑維新の活動が始まったんだ。

姫さん 私は亀さんのこと、もっと仙人みたいになんにもせずに、一人山に住んで、ご自分だけが知っている世界にいらっしゃるみたいな感じだったんですよ、最初は。そしたらそうじゃないのよね。宇宙的ですよね、亀さんは。だから、亀さんの世界はだれにでもわかるはずなの、わかろうとすれば。つまり、柔軟性をもっていれば。

亀さん まあ、そういうことなんだな。自然科学っていったって、どろ亀さんは自然科学を文学的に、芸術的にやっているんですよ。森という自然と、人間が協力してバランスのある、美の創造なんですよ。

姫さん　そうなんですよ。

亀さん　どろ亀さんはね、この樹海が消滅しない限り、どろ亀の心が残っているわい、とそれは感じ取っている。ところが、他の研究者たちは、格別な、世界的な著名な研究をしない限りね、みな忘れ去られていくんです。どろ亀さんの場合には、なぁに死んだって……樹海が死ぬ時まで……樹海が死ぬ時にはもう、日本人なんかだれも残っていないんだ、そう思ってる。山の問題では、技術が正しければそりゃいいんだけれど、技術以前に心の問題があるんですよ。心がさ、正しければ、森を愛するという心が一番大事なんだ。そして、ぼくの「林分施業法《りんぶんせぎょうほう》」のことを生半可覚えて、知識だけ、技術だけ真似しても、意外とだめなもんなんだ。

姫さん　技術だけなら本でも何でも読めば書いてあるんですよね。自分で考えること、なにもないくらい。私もずいぶん日本全国を歩いてきて、いろんな山を見てきました。でもそれはみんな「山」だった。いままでは「森」として見たことはなかったんです。森というものがどういうものか、亀さんに富良野の樹海を案内していただいて、初めて……神秘的な夜の森、朽ち果てた枯れ木の上に兵隊さんみたいに一列になって芽吹いたエゾマツの倒木更新、ホヤホヤのヒグマの糞《ふん》、老いた株の脇《わき》から次々と芽を出して、曾孫《ひまご》の代まで一株になったカツラ、万葉の泉……みんな初めて出会いました。
亀さん　そうそう、森というものがどういうものかに興味をもって見ないと、焦点が合わないから。
姫さん　私は素人《しろうと》だから専門的なことはなにもわからないけど、そういう興味というか、好奇心はしょっちゅうあるの。いままでは大きな山として見てきたわけですが、同じ山を、これからは森として見直すことができそう。楽しみだわ。これからの「老いのたのしみ」が増えました。

魂には形がある

河合《かわい》隼雄《はやお》

一九二八年兵庫県生まれ。心理学者。六五年、スイスのユング研究所より、日本人で初めてユング派精神分析家の資格を取得。八二年『昔話と日本人の心』（岩波書店）で大佛《おさらぎ》次郎賞受賞。二〇〇二年より文化庁長官。

一九九一年　東京にて

高級な友情

河合　最近読ませていただいた白洲先生の『いまなぜ青山二郎なのか』（新潮社）だけど、これ、すごく面白かった。青山さんという人物はもちろん、他に出てくる人たちが皆面白い。とくに「むうちゃん」こと坂本睦子《むつこ》さん。この人に一番興味を惹《ひ》かれました。

白洲　あの人はちょっと特別。

河合　私が相談室で会う女性の非常に深いところに住んでる人物ですよ。だから感じがよくわかるんです。

白洲　青山さんの「むうちゃん」評が凄《すご》いでしょ。

河合　「人生は演技なりと言う言葉があるとすれば――自然の魅力と人智《じんち》の演技は、美貌《びぼう》と聡明《そうめい》とに分れて彼女にそなわったものです」とか「自分の頸《くび》に綱をつけた悲しい虎《とら》が、その手綱をくわえて……本来の女性に立返りたがって彷徨《さまよ》う有り様」とかね。
白洲　でも青山さんだけ、何も関係がなかったの。
河合　男女の仲になると、色んなことが見えなくなるんですね。青山さんは「見る人」だから、彼女を鑑賞していたのでしょう。
白洲　とにかく、みんな男の人は惚《ほ》れちゃったのよ。
河合　惚れられるけど、惚れないんでしょう、彼女は。
白洲　でも、本当にむうちゃんを理解して惚れてたのはもしかしたら青山さんだけだったかもね。
河合　他の人は惚れる前にイカレてしまうから、見えなくなるんですよ。
白洲　恋は盲目というやつでね。
河合　でも、青山さんには見えた。虎の姿がね。
白洲　悲劇ですよね、自分で自分の手綱をくわえているなんて……。
河合　実際に虎になって、人を食ってしまえばよかったんだろうけど、彼女にはそれができなかった。本当に狂気と似てますよ。見られて、見られて、最後には自ら土に返るしか仕方なかった。
白洲　こういう人をなんて言ったらいいんでしょう、いちがいに犠牲者とも言えないし……。観音様とでも言うような。

河合　それが一番近いでしょう。大岡昇平さんがむうちゃんをモデルに『花影』という小説を書くけど、観音様の全体は見えず、一部しか見えてないから、むうちゃんを書けていないんでしょう。

白洲　観音様の掌の上で踊っているからね。

河合　『花影』の中には青山さんをモデルにしたらしい、主人公のヒモのような先生が出てくるけど、これがまた面白い（笑）。

白洲　そう、大岡さんの焼餅《やきもち》で、くやしくてたまんないのよ（笑）。

河合　それは、すごくよくわかるんですよ。だって、自分が本気で惚れ込んでる女がいるのに、その女性の魂はそこにはないわけだから。それで、どうもその魂は青山さんと繫《つな》がっているようだ。これは、悔しいですよ。

白洲　そうなのよ、それでむうちゃんが青山さんのことを「仕事だけで認められるなんて、つまらないわ。何もしないで尊敬されれば、なお立派じゃないの」と言って、「生きているだけで、いい」とまで言うもんだから、これは癪《しゃく》にさわるわよね。

河合　だから青山さんをモデルにして、小説の中で仕返しをした（笑）。でもね、そういった面だけじゃなくて、ああでもしないと青山さんから距離がとれないということもあると思うんです。距離をとるためには、何かを破壊しなければならないんですね。文学やってる人はみんなそうじゃないですかね。物凄く仲のいい友達になっても、ある一定以上の距離を越えて近寄ってしまったら、あとはもう破壊するしかない。裏切りとかね。白洲さんが書いておられたように「高級な友情」というものは、やはり大変ですわ。なかなか簡単に成立しない。

白洲　だけど、奥のところではずっと繋がってるのよね。小林（秀雄《ひでお》）さんと青山さんだってそう。いくら嫌になっちゃってもだめなの。宿命みたいなものなのよ。

私、書いててわかったんですけど、小林さんの『モオツァルト』、これは青山さんがいなければ、絶対書けなかった。

河合　そうですよね、文章がそのまま当てはまりますもんね。

白洲　また、文士がね、青山さんを認めるのが嫌なのよ。あんな何にもしないやつ認めると、自分の仕事にかかわるとでも思うんでしょう（笑）。

河合　その点、小林さんは認めていたわけだから、すごいですよね。

白洲　私、はからずも尾崎士郎さんの『酔中一家言』という作品を読んで、小林さんが尾崎さんに「あいつと仲よくなれよ」とジィちゃん（青山二郎）と付き合うことを勧めて「おそらく君の持っていないものを、あの大馬鹿《おおばか》野郎がみんな持っているはずだ」と言ったということを知ったの。結局尾崎さんとジィちゃんは、小林さんのいうように はなれなくて、途中で逃げだしちゃうんだけど。

河合　尾崎さんという人物をよくは知らないけど、もうちょっと常識的なところがあって、それで離れていったんじゃないですか。文士はやっぱり、青山さんの傍にいたら、自分が潰《つぶ》されてしまうということがわかっていたから、避けたんでしょうね。それを小林さんはずっと一緒にいたわけだからすごい。

僕が一番好きなのは、青山さんが「魂があるんだったら形にでるはずだ」というようなことを言うでしょう。これには感激しました。簡単に言うと「精神的なものが精神を隠してしまう」、これはまさに名言ですよね。解説する人というのは精神的なことを言うのが好きでしょ。

白洲　そう（笑）、そう言った方がてっとり早いんですよね。

河合　だから精神が隠されてしまう。そう言うのは青山さんにはたまらんかったでしょうね。形が見えてるのに、そのうえ「精神的」なことを言われるのは。高校野球なんかでも、解説の人がみんな精神的なこと言うでしょ。あれでみんな憂鬱《ゆううつ》になる（笑）。

その点小林さんは評論をやってたわけだから大変だったでしょうね。だからいつも青山さんに言われて泣いていたんですね。

白洲　文章に書くとだめになるから。いくら小林さんでもあそこまでしかいけないのよ、あの名文で。

河合　小林さんは自分でもわかってるんですよね。

白洲　そう、わかってるから泣くんです。

ジィちゃんは精神はすべて形に現れる、という信念をもっていたから、夢二の絵みたいに空ばかり見て「形の奥に秘められた何かを摑《つか》みたい」なんて夢みたいなことばっかり言う人は嫌なのよ。私にもそれはしつこく言うの。「ああいうのは精神病だ」って。

河合　そう、精神病。ええ言葉ですねえ（笑）。でも、本当の精神病というのは、精神が見えるんです。だからものを言えなくなるんだ、と僕は思います。言葉を失ったために、めちゃくちゃなことを言う。それで狂人だとされる。だけど、夢二さんとかの方が、青山さん的な解釈では精神病と言えるのかもしれませんね。

青山二郎の『わが毒』

白洲　青山さんの日記というのが、また、面白いの。今回の本のなかには、抜粋してわかりやすいところだけを拾ったんですけど。日記にはいろんなことが書いてあるのだけど、その中にポツンと一行「八月二十九日午前　神田額田病院にて母死す　六十五才　三十日葬式」とだけ出てくる。あれは、かえってグチャグチャ書かない分だけ、非常に、どんなに悲しかったのかわかる。ためしに、久し振りにサント＝ブーヴの『わが毒』を読み返してみたんですよ。そしたら同じこと書いてるんです。同じこと書いてるんだけど、そのあとにグチャグチャと「どんなに母親を愛していたか、悲しいか」なんて続いている。そうするともう悲しみが薄められちゃってね。

河合　言葉のむずかしさということですね。青山さんの場合、言葉というものが断片になっている。文章になりにくいものではあるんですね。でも普通は、それじゃあ本にならないから「先生、もっと書いて下さい」と編集者に言われて、余計なことまで書いてしまうことになる（笑）。

白洲　青山さんは「母死す」のすぐあと、一行あけてこう続けてる。「九月十五日

四谷花園町九五　花園アパートに移転　独身生活」。でもこの行間にいっぱい思いがあるんですよ。結局これは、母親が死んで、家賃を払ってくれなくなったから、そんなケチなアパートに引っ越ししなきゃならなくなったんだとかね。だけど、そんなこと書かないのよ、全然。わかりますでしょ。最初は私、本の中で説明しとこうかなとも思ったんだけど、やめてそのままにしといたんです。

　他にもいっぱい面白い言葉があるでしょ。「二兎《にと》を逐《お》ふ者は一兎を得ずと中原言ふ。一兎を逐ふは容易なり二兎を逐ふべきのみと答ふ」だとか「ぜいたくな心を清算する要はない。ぜいたくに磨きを掛けなければいけないのだ」とかね。

河合　名言ですよね。贅沢《ぜいたく》に磨きをかけられるというのは、これはもう、達人ですから。他にも青山さんの名言に「人の本当らしい言葉には血がない」というのがありますね。本当を言うと血が降るんですよ（笑）。僕はそれが怖いから嘘《うそ》ばっかりついてる。

白洲　それは、やっぱり関西と江戸っ子の違いですよ。関西には文化があるんですよ。

河合　文化というのは嘘で固めたものですからね（笑）。江戸っ子というのは本当のことを言うんです。標準語というのは本当らしいことを言う。この二つは違うものなんです。関西の僕はアホばっかり言う。「アフォリズム」ならぬ「アホリズム」という本を出そうかと……（笑）。

白洲　先生もジィちゃんとおんなじくらい地口がおじょうずね（笑）。

河合　青山さんの言葉も凄いけど、白洲先生の地の文がまた面白いんです。例えば「人は相手のことが理解できなくても好きになれるものだ」とか「あんまり本当のことを言い過ぎても世間は許してくれない」とか、ちらっちらっとはさむこの文章がたまりませんなあ。一日一言カレンダーが出来そうなくらいありますよ（笑）。

それから、先生は青山さんというのが百万人に一人の閑人《ひまじん》だと言っている。私は、これが「いまなぜ青山二郎なのか」の答えのひとつだと思います。これが今いない。

白洲　できないのでしょうか、やっぱり。

河合　どこかの企業なりパトロンが、百万人に一人の暇人に金を払えばできるんです。つまり芸術というのは何もしない人に金を払ってないとだめなんです。何もせん人にか金を払っているうちに何かする人が時々現れるんです。それが今は、何かする人にし金を払わない。なんでも計算してしまいますからね。計算を超えたところに金を使うべきなんです。昔の貴族たちはそうしてましたよね。私の好きな言葉に「芸術は贋《にせ》物《もの》を厚遇しなければだめだ」というのがありますが、本物だけを厚遇しようとすると、本物は出てこなくなるんです。何にもしない人というのは、なくてはならない存在なのです。つまり、青山二郎がいるから小林秀雄が出てくるんです。だけど、青山二郎にそのことで金を払ってお礼するというのは、なかなかむずかしい。なぜ払わなきゃいけないんだということが説明できないから。だから小林さんは必死で、何とか青山さんに金儲《かねもう》けをさせようとする、けど、青山さんはそれをしない。

白洲　それをやると青山二郎じゃなくなるから。

河合　ただここでむずかしいのは、本当に何もしないで金を貰《もら》うというのは素晴らしいことなんだけど、金を貰うと卑屈になったりする。堂々と何もしない、これです。こういう人は金を借りるというのは当たり前のことなんです。

白洲　そう、私もジィちゃんにタクシー代を払ったり、酒代を払ったりしたけど、それが当たり前っていう感じだったし、私もそう思っていた。

河合　どこかで「何もしない大賞」というのを作ってくれないかなあ。僕は絶対応募する（笑）。

西洋の言語と日本の所作

白洲　この機会に先生に是非お聞きしておきたいことがあるんです。いつかお話ししたお能の友枝喜久夫《きくお》さんという人のことで、この人の芸は非常に素晴らしいんですが、芸と人間というのが全く分離してるんです。外国でも日本でも、どうしたって普通、芸の中には人間というものが入ってきますよね。でもこの人の場合は違う。子供みたいなんです。口もきけない。だから芸談もできないんです。

河合　そうでしょう。自分がそうなっているときは芸談の談の方は出来ないものです。そこで、さっきのサント＝ブーヴじゃないけれど、西洋人の場合はやっぱり西洋的自我でしょうね。西洋的自我というのは言葉でできてますから、西洋人に言わせると言語化できないものというのは贋物ということになるんです。

白洲　そんなに強いんですか。

河合　そう、それでいつも物凄《ものすご》くぶつかるんです。例えば、日本の学者同士はある水準まで行くとツーカーでわかるでしょう。ちょっというとパッとわかる。すると、弟子はものが言えないわけですよ。それがアメリカなんかへ行くと若造がパッと手を上げて、すごい馬鹿な質問するわけですよ。でもそれに対して先生はちゃんと答える。アメリカの大学院へ行って、僕の正直な感想を言うと「何と馬鹿なやつらが大学へ来てるか」。その結果、どうですか？　学者はみんなアメリカの方が日本よりレベルが高いじゃないですか。これがなぜかというと、どこかでツーカーの世界で溺《おぼ》れているから、無理にでも言語化して戦うところまで行かないということですよね。こういう点では、言葉にするということの意味を痛切に感じます。好みとしては嫌ですが、仕方なく関西弁の英語で、言葉にするように頑張っています。疲れますけどね。しかし、言語的に出来た自我というもの、これは凄い強いんです。

さっきも話に出ましたが、青山さんという人は美を言葉にしない。でも西洋では言葉に出来ないものはすべて嘘なんです。

白洲　それはキリスト教から来てるのかしら。「はじめに言葉ありき」。

河合　大変強く結びついているでしょう。そして、ひとつの理由として西洋の場合、言葉の違う人たちが集まってるでしょう。日本人の場合言語がひとつだということとすら飛び越えて、所作でわかることが多いですよね。よく外国の人が「日本人は排他的だ」というようなことをいいますが、何も排他的なのではなく、日本のシステムが非常に学習しにくいシステムになっているからでしょう。つまり僕ら子供の頃から言語的に何も訓練されてないのに、微妙なサインを非言語的に学習してるわけですよ。

白洲　昨日ある方と話したんですが、お能でも、面を被《かぶ》ったり、あるいは被らなくても、顔に表情というのを使っちゃいけないでしょう。全部身体の所作で表現しなきゃいけない。西洋の場合は逆でしょ。顔で表現する。そして言葉で外へ出す。
河合　日本の芸の場合はむしろ、西洋的な意味あいでいう自我は一度こわさなきゃならないでしょう。そして、形が出来てからその人の人間がジワジワ出来てくるわけだから、八十歳位までかかるわけですね。
白洲　そのかわり西洋のは若くて終わっちゃう。
河合　日本だったら長い間出来るでしょう。僕も八十、九十まで生きてたらまだ現役で行けるかななんて考えるようになりました。
白洲　先生ならなれますよ。
河合　だんだん言葉が少なくなると思いますがね。「もう死にますよ」言われて「ハイ、ハイ」とか（笑）。
白洲　そうそう、そうよ。ユングが会ったアフリカのおじいさんみたいに、ずーっと黙ってて素敵なの（笑）。
河合　日本の芸というのは本当に習うのが大変ですよ。ずーっとやっていってしかも最後がどうなるかわからない。形は出来ますけどねえ。
白洲　研いで、研いで、研ぎ抜いて。それで九十位になって精神が現れる……現れないかも知れませんから（笑）。本の中にも書いたんですけど、連載中に読者の方から実にありがたい手紙を頂いたんです。「よき細工は少し鈍き刀を使ふといふ」という「徒然草《つれづれぐさ》」の一節についてで、それまで私は「鈍き刀」の意味を「あまり切れすぎる刀では美しいものは造れない」という風に思っていたわけ。でも違ったの。その方は「鋭い刃を何十年も研いで研いで研ぎぬいて、刃が極端に薄くなり、もはや用に立たなくなった頃、はじめてその真価が発揮される」と言うんです。ここでいう「鈍き刀」というのは最初から鈍き刀というんじゃないんですよ。本当に鈍い刀をなんべん研いだってだめなのよ。いい刀だから研げる。しまいにベロンベロンに柔らかくなるんですよ。兼好法師は「妙観が刀はいたく立たず」とも書いてるんだけど、やっぱり「立たず」なんて言葉は「鈍き刀」じゃダメですよ。それが凄く良くわかったの。

男に造られた女

河合 この本の中にもうひとり女性が出てきますよね、「お佐規さん」（長谷川泰子《はせがわやすこ》のこと）という人。この人も面白い。

白洲 そう、小林さんと一緒にいる間だけ気が狂ってしまうの。

河合 単純な人は「あんな女性と一緒にいるから小林は仕事ができないんだ」なんて

言うけど、違うんですよね。

白洲　河上（徹太郎）さんも「この、極度に無機的な感受性の夢を食って生きる貘《ばく》のような存在であった女性に、小林は如何《いか》に貴重な精神的糧《かて》を与えられ、如何に貴重な時間と精力を徒費したか」と書いているけど逆だと思うの。「精神的糧」を与えるために必要不可欠だったので、決して「時間と精力」を無駄にしたわけじゃないと思う。お佐規さんの御陰をこうむってたのよ、小林さんは。

河合　でも、あるところで離れないとだめなんですよ。もう一歩近づくと死んでしまうことになる。

白洲　そうなのよ、今度はこっちが頭がおかしくなっちゃう。だから小林さんが畑のキャベツの上の朝露を眺めていて「ああ、もう、いい」と思ってお佐規さんから逃げ出す。この話を聞いて私、ひどく感動したの。

河合　ああ、わかるなあ。

白洲　あんな、なんでもないキャベツなんか見ててそう思ったのよ。考えたりしたわけでもなんでもなくって、いきなり離れていくの。

河合　考えたってだめなんです。いつ離れるか、なんてこと考えても絶対わからない。「いつキャベツを見るか」なんていう問題じゃない（笑）。しかし、小林さんも日本人だなあ、自然の姿を見て……。

白洲　直観なのよ。

河合　そう、白洲さんの言葉の「説明すればなんでもわかるというものじゃない」ですよ（笑）。説明なんて殆《ほとん》どが「本当らしい」ことですからね。「本当」の説明なんて、これは難しくて、なかなかできるもんじゃないんです。

白洲　でも大学の先生なんかで説明のうまい人がいるわよ。

河合　それで飯食ってるわけだから（笑）。説明というのはあとでするもんでしょ、先に説明することは難しい。心理学者というのもそうですよね。誰かが犯罪を犯す、そしたら何故《なぜ》犯したのかをあとで説明するわけです。「これは母親が悪い」とかね。するとみんな「なるほど」と納得する。でも、母親が悪い御陰で偉くなるという場合もある。それでもみんな納得してしまう、というところが物凄く怖い。だからなるべく私もそういう説明はしないでおこうと思っています。

白洲　むうちゃんと同じようにお佐規さんみたいな人も先生の相談室に来ます？

河合　それはもうたくさん来ますよ。ふたりともある意味でどんな女性の中にもいるんです。

白洲　これは書かなかったことだけど、私がむうちゃんのことをすごく感心すると、青山さんは「あいつはね、偉いんじゃないよ。あれが男に造られた女というもんであって、おまえさんが考えてるように偉かない」って言うんです。それで私もハッと気付いたの。

河合　男は女を造りたがるし、またこういう女性はそれに応《こた》えられるんです。だからどんな男がきても、その人の理想像に近くみえるんです。だから先ほどのむうちゃん評の中で「演技」という言葉を青山さんも使っているけど、本人にはいわゆる演技してるなんて気持ちは一切ないはずです。ただ青山さんの眼でみればちゃんとわかってしまう。

白洲　そう、自然とそうなってしまうというようなところはありますね。

河合　要するに葦《あし》が風に吹かれているようなもんで、演技ではないんです。

白洲　それぐらい無私だったということかもしれない。

精神的おかまと同性愛

白洲　とても恥かしい話なんだけど、私、いつか青山さんから、「おまえは、俺と小林のおかまの子なんだからしっかりしろ」って言われたことがあるんです（笑）。

河合　それは名言だ（笑）。

白洲　でもああいうおかまって、つまり精神的なホモというのも今いないでしょう。つまんないおかまばっかりで。

河合　また英語の話になって恐縮ですが、これ英語で紹介できれば面白いだろうなあ……。西洋人の場合キリスト教があるでしょう、キリスト教では同性愛というのは罪なんですよ。精神的おかまの話も、うっかりすると同性愛と間違われてしまう。だからそんな話は物凄く書きにくいし、男性同士の友情の話もしにくいところがあるんです。逆にいえばある一定の距離以上、男同士で近づこうとすると同性愛という形を取らなければ近づきにくいということもあるんです。だけど青山さんと小林さんというのは、いわゆる同性愛でなくても精神的おかまでいけますよね。この可能性というのは、西洋人にはわからないわけです。日本人の男同士でよくわーっと飲みに行ったりするでしょ。ああいうのも西洋人から見ると、同性愛に思えるわけです。

白洲　会社の悪口言っててもねえ（笑）。そういえば、西洋ではホテルなんかで同じ部屋に男同士で泊まれないんですってねえ。

河合　そう、それくらい過敏なんです。それにある一定以上に男同士で仲がいいのは、これはもう同性愛ですよ。そしてそこから非常に強いインスピレーションを受けたりする。例えばニジンスキーと監督のディアーギレフなんかがそうですよね。さっきの言葉の話とも似てるなあ。つまり彼らは言葉の国の人間だから、距離が近づくというのは肉体が近づかないと……、ということなんでしょう。

白洲 それにはエネルギーの問題もあると思う。日本人はその前で止める、というかそれを精神の方へもっていくことができるけど、西洋人はそれができないんでしょう。

河合 日本人はどこかで断念の美学みたいなものがあるからでしょう。伝統みたいな。

白洲 あきらめること馴《な》れてますからね。

河合 夏目漱石《そうせき》の『こころ』なんて西洋人が読むと同性愛の物語だと思うんです。普通日本人はそんな風には決して読まないでしょう。そういった意味で同性愛の問題というのは文化比較やるとむちゃくちゃ面白いねえ。

白洲 なさいませよ、先生。せっかく『とりかえばや』まで書いたんですもの。

河合 自分が誰のおかまの子か考えてからにします（笑）。

白洲さんに青山さんが「おかまの子」と言ったのは、ある意味で白洲さんを同性として見てたということの現れでしょう。

白洲 そうでしょうね（笑）。

河合 ところがこの同性というものの間にエロスが働いているんですよね。

白洲 そう、青山さんは小林さんを「すごくセックスアピールがある」って言ってました。わかってるのよね、そのエロスが。でも女の人はあんまり感じないのよ。

河合 『いまなぜ青山二郎なのか』の口絵に載っている写真に、小林さんと青山さんが一緒に壺《つぼ》を見ているのがあるけれど、西洋人が見れば、青山さんは小林さんを見ていると感じるでしょうね。

白洲 壺はただその媒介としてあるだけなのよね、愛人の代用品みたいに。

河合 媒介と言えば、白洲さんがこの本の中に書いておられるでしょう。「男同士の友情というものには、特に芸術家の場合は辛《つら》いものがあるように思う」、そして「中原中也《ちゅうや》の恋人（佐規子）を小林さんが奪ったのも、ほんとうは小林さんが中原さんを愛していたためで、お佐規さんは偶然そこに居合せただけだ」「若い文士は先輩に惚《ほ》れて、先輩の惚れた女を腕によりをかけて盗んだのである」。まさにその通りだと思います。

白洲 むうちゃんもお佐規さんも、そうだった。

河合 だけど青山さんの奥さんの、和子《かずこ》夫人。この方が素晴らしいですよね。

白洲 そう、もう空気みたいな人なのよ、これが。よくまあここまで空気みたいになれるもんだと感心してるの。こういう人を最後に奥さんにしたのよね、青山さんは。

河合　僕は全然空気みたいじゃないと思いますよ。

白洲　ええ。表面は空気みたいで、本当はいろんなことがわかってる人なの。でなきゃ今、あんな風に生きていないと思うの。

河合　日本婦人の典型みたいな人でしょう。とっても賢くて。

白洲　そうそう、典型といえば昭和八年頃のジィちゃんの日記の中に「婦人公論十二月号　それ敏子《としこ》の百八十枚の自叙伝、日記、遺書　北条《ほうじょう》民雄より立派で頭が下る　絶望の三年間に渡つて書かれた自叙伝である」って書かれてあったから、気になってそれを取り寄せて読んでみたの。それで、読み出したら実につまらないわけ。これの何に感心したんだろうって。その敏子さんっていう人は子爵《ししゃく》のお嬢さんなんだけど、たくさん兄弟がいて、本人は本妻の子じゃないんです。お女中さんが本当の母親なんだけど、敏子さんはこの母親がふしだらで大嫌いなんですよ。それでかえって本妻の方になつくんです。だから九人いるだめな兄弟の世話もみんなひきうけるわけ。これは本当に無私な人ですよ。人のために働き続けるんです。それでその本妻の方のお母さんを三年間看病し続けて、この方が亡《な》くなったら、敏子さんも自殺してしまったんです。もう自分が生きている意味がなくなったっていって。

河合　はあ、すごいですなあ。
白洲　最後まで読んだとき、ジィちゃんが何をそんなに感心したのかがはじめてわかったの。ジィちゃんはこういう人間が理想だったんだって。

何も創《つく》らない創作活動

河合　小林さんが一番好きな音楽家はやっぱりモーツァルトですか。
白洲　やっぱりそうでしょう。他にももちろんベートーベン、バッハ、ハイドン、ブラームスとかもよく聞いてはいたけど、一番はモーツァルト。レコードが皆すり切れるほど聞いたんですからね。ばかなところがあって、それで天才的な音楽作ったでしょ。
河合　それに無私だし。ベートーベンなんかは「私」が土台ですもんね。
白洲　ええ、それにちゃんとしてるでしょ。それよりも、馬鹿《ばか》なことするモーツァルトの方がいいんですよ。それがそもそもジィちゃんだと思うのよ、私は。あの「大馬鹿野郎」（笑）。
河合　モーツァルトは作曲したけど、青山さんは何も創らない（笑）。

白洲　そうなのよ、だから困っちゃうのよ（笑）。小林さんもどうにか創らせようとしたけど、だめなのよ。そこが「日本」かもしれないけど。

河合　骨董《こっとう》というのは何も創らない創作活動だといえるのかもしれないですよね。

白洲　自分の眼だけよね、創造するのは。

河合　見ていくことだけが創造活動なんですよ。別に蒐集家《しゅうしゅうか》というわけでもない。

白洲　そう、わかっちまえば売っちゃってお酒飲むのと同じだということだし。

河合　だからだめだと承知でも買わずにはいられない。感心して見てるだけじゃだめなんですよね。あれは白洲さんの『遊鬼』の中でしたか、小林さんが白洲さんに「値段を付けろ」という場面があったでしょ。あれは凄《すご》かった。

白洲　私、怖かった。だって「骨董買ってて値段付けられないなんて、なんだ」って小林さん、怒るんですもの。

河合　それが骨董なんですよね。値段付けて、騙《だま》されたり騙したり。

白洲　そうそう。欲があってね。きれいなもんだけじゃないってとこがいいですね。

河合　欲とか得とかの仕掛けがしてあるところが骨董の面白いところですよね。

白洲　競争も。

河合　「ほれ見ろ、買いよった」とか（笑）。

白洲　「バカヤロウ、騙された」とか（笑）。今でもそういうのは生きてるんですよ。先日も、日本橋の「壺中居《こちゆうきよ》」の番頭さんが、店もとうに閉めた夜十時頃から「ちょっと見せたいものがあるから今から来てください」なんて皆を呼び出すの。そしたら出てくるのよ、ちょっと今ないような素晴らしいものが。でも誰にも買えないのよ、高くて。それでも見るだけでも見せたいわけですよ。だから骨董屋の場合にも、そういう非常に純粋な気持ちもあるんです、商売だけじゃなくて。

河合　骨董の世界には贋物《にせもの》はどんどんあるべきですよね。それが楽しくするんです。贋物でもきれいだったらそれがいいと思う人もいれば、ただ贋物だというだけでカンカンに怒る人もいるだろうし。

白洲　でも骨董屋には伝統がありますし、信用を第一にしますから。二流のとこでは……。

河合　「最近、面白いものが出てきました。山奥に行くとあったんです！」とかね（笑）。

白洲　だから加藤唐九郎なんて人はもう、とっても楽しんじゃってね。永仁の壺のかけらまで作っちゃったんだから。そして「かけらが見つかりましたよ」って騒いで、みんなが飛んできて。だけど夕方まで見せないじゃない。「ここじゃない、あそこじゃない」と言いながら瀬戸の窯跡《かまあと》を四、五ヵ所歩き回った末、「あっ、ありました、これです」といって差し出したかけらに、御丁寧に「永仁」って彫ってある（笑）。

河合　僕なんて作るの下手だから「B.C.」なんて書いてしまったりして（笑）。

白洲　日本だけなの、こういう骨董の世界をたのしんでいるのは。外国のもののように一定の水準に値段が決まってるのとは違う。だからそれを欲しいと思った人はいくらでも払うし、嫌いな人は見るのも嫌、ってことになるんです。「クリスティ」とか「サザビー」とか外国の骨董屋は決まった値段でやりとりするだけで、日本の骨董屋みたいな面白い商売をしてないですよ。

河合　僕の知らない世界だから、なお面白かったですよ。骨董も青山二郎も。

白洲　別に骨董じゃなくてもいいんですよ。骨董なんて女みたいなもんだから。女道楽でも、よかったんです。

河合　なるほど、よくわかります。

白洲　私がこの本に「いまなぜ青山二郎なのか」なんていういささか陳腐な題をつけたのは、「いま」だけの問題じゃなく、いつの時代になっても「いまなぜ青山二郎なのか」と問い直さなければならないものが、ジィちゃんの中にあると信じていたからなんです。

ジィちゃんが自分で「俺は日本の文化を生きているのだ」と言っているみたいに、青山二郎を日本の文化という言葉におきかえてもいい。ただここで一応陶器が中心になっているのは、物を見る訓練をするためには、たしかな手応《てごた》えのある存在を必要としたからなんです。それは美術品の目利《めき》きであるとかないとかとは何の関係もないの。別の言い方をしちゃえば、陶器を知ることによって、日本の文化に開眼《かいげん》したというわけ。しかも単に開眼しただけなんじゃなくて、その世界を身をもって生きようとしたところに、ジィちゃんの幸福及び不幸があったという意味なの。

　だけど私たちはもちろんジィちゃんのような天才じゃないから、そんな真似《まね》なんかできないし、する必要もない。でも、ジィちゃんから貰《もら》うものは、山ほど、無限にある。河合先生が、たしかな手応えのある患者さんたちからたくさんの糧《かて》を得られているのと同じで、それは頭で教えられるというものじゃない。奪わなきゃダメ。奪って、自分のものにするんでなけりゃ、永久に人生とは何の関わりもない、単なる物識《ものし》りか目利きに終わるだけよね。

　この本の中に書いた青山二郎も、陶器も、その他のたくさんの登場人物も、河合先生はもちろん御存知じゃない。なのにこんなにも話がビンビン通じるのは、先生が深層心理学者だからなんじゃなくて、確実に人生を生きていられるからだと思う。この対談からも盗むものがたくさんあって、本当に面白かったわ。私みたいに歳《とし》をとると、もうなんにもできないから、「泥棒」するよりほかの楽しみはなくなったみたい（笑）。

身体の不思議

養老孟司《たけし》

一九三七年神奈川県生まれ。解剖学者。『唯《ゆい》脳論《のうろん》』（青土社）などのエッセイで医学と文学のクロスオーバーをはかり、八九年『からだの見方』（筑摩《ちくま》書房）でサントリー学芸賞受賞。二〇〇三年『バカの壁』がベストセラーに。

一九九六年　白洲邸にて

テレビのテンポと文章のテンポ

白洲　先生の『身体の文学史』（新潮社）、とっても面白く拝見しました。先生のご本は、私そんなに読んだことなくて、一番はじめに拝見したのは、多田富雄《とみお》さんと中村桂子《けいこ》さんとお三人でなさってる鼎談集《ていだんしゅう》『「私」はなぜ存在するか』（哲学書房）。あれは、私は、去年病気の時に病院の枕《まくら》の下に入れてしょっちゅう眺めてた。でも三行ぐらいずつっきゃ読めないのよね。実はその時死にかけましてね。それで、くたびれちゃって。

養老　くたびれている時にはあまり向きそうもない（笑）。

白洲　でも、一番はじめに、小林秀雄《ひでお》さんの『本居宣長《もとおりのりなが》』のお墓の話が出てきたのは大変面白かったです。

それからね、お母様にはご本をお送り頂いたのに、お礼を申し上げようと思っていた矢先にお亡《な》くなりになられてしまって。大変立派なお母様でしたね。私も鎌倉《かまくら》の次男の家に時々行くので、一度お目にかかりたいなと思っているうちに……。

養老　世代はどのぐらい違うんでしょう。うちの母は、生きてれば今年九十六です。

白洲　十違いです、私、八十六ですから。でも、八十過ぎると同じようなもんですよね。

養老　それはそうだと思いますが（笑）。

白洲　私なんかは、いつでも、「またね」とか、「では、来月」だなんて言われると、「それまで生きてるもんか」みたいなことを思ってしまうんです。自分では（笑）。

養老　僕もしょっちゅう言いますけど。商売柄（笑）。

白洲　こないだ先生がNHKでなすった脳の番組、あれ、ぜんぜんわかんなかった。

養老　それは、なんででしょうね（笑）。

白洲　きっと、NHKがあんまり新しいやり方でやって、それで、速いざんしょ。

養老　ああ、テンポが速いんです。

白洲　つぁっつぁ、つぁっつぁ消えていくから。

養老　そうですね。今は、コマーシャルがだいたい十五秒間で、一秒三十コマ。ですから三十分の一秒が一単位です。四百五十コマにして、十五秒のコマーシャルを四百五十コマ単位でつくるんだそうです。そういうコマーシャルを子供の時から見てますから、テンポの速さがぎりぎりになっているんです。三十分の一以上に一秒を区切っても、時間の区切り方が細かすぎて、もう区別がつかないんです。今、コマーシャルの十五秒を四百五十コマにするというのは、人間の能力の最大限度なんです。子供がそれを見ているわけですから。

白洲　限度というのはどんどん進むわけですか。

養老　いや、ですから、最大限度まで詰めてそうなっています。映画が、ご存じだと思いますけど、例の八ミリだと一秒が十六コマで、普通の映画は三十二コマ。三十二コマにすると、完全に区別がつかずに、連続的な動きになります。その限度までコマーシャルをつくってますから、テレビのテンポというのはすごく速い。よく言われるのは、アナウンサーが、最近、みんな早口ですね。早口でないと成功しない。

白洲　私なんかは、そんな早口では、おつむのほうがなかなか回らないから、考えるのはゆっくりになっちゃう。

養老　文章のテンポはごゆっくりですね。それは頭の回転じゃなくて、なんか身体のリズムじゃないかと思いますが。

白洲　それと、原稿に「消し」が多いですね。

養老　直されるんですか。

白洲　直すというより、削るのが。

養老　枚数というのがなきゃ、私もどんどん削るんですけどね。削ると足りなくなっちゃうから（笑）。

白洲　先生は最初からお志しになったんですか、脳のほうに。

養老　いや、違いますね。ただ、興味はありました。若い時は、よく精神科の患者さんに好かれました。なぜか寄ってきちゃうんです。隙《すき》があるっていうか（笑）。この人なら、もしかして同じ世界の人じゃないかと思うんじゃないですか。

白洲　だいたい、そういうもんですね。なんかこっちが黙ってても向こうから……。

養老　寄ってくる（笑）。大学に入った時は、すぐに同級生がちょっと具合が悪くなって、大学のテニスコートに呼び出されて、一時間ぐらい付き合わされて、帰るって言うから、それじゃ送っていってやろうと一緒に歩き出したら、本郷から日本橋まで歩くんですもの。まるで江戸時代ですよ（笑）。最近は、テレビに出たりすると手紙が来る。封を開けないうちに判断しないと、開けちゃうとちょっとまずいっていうのがあるから。読まないで、遠くから字を見るとだいたいわかる。一番怖かったのは、「霊魂の自然科学的証明」というガリ版のペラを送ってきた人がいた。まあ、自然科学的に証明された霊魂なんて面白くもおかしくもない。そうしたら次にこんな厚いパンフレット、ひとサイズ大きくなったのを送ってきた。それで、これ続けたら怖いなって。だんだん大きく厚くなっていくわけ（笑）。

骨董《こっとう》と虫

白洲　先生のお宅は鎌倉はどちらのほうなんですか。
養老　生まれたのは小町で、駅の前なんです。母が住んでたのは、警察の裏なんです。私は今、扇《おうぎ》ヶ谷《やつ》の山奥です。
白洲　私の次男は日蓮《にちれん》さんの辻《つじ》説法の前のとこにいるの。その奥さんが小林秀雄のお嬢さんなんです。面白い子でね。うちの中に、いいものがいっぱい飾ってあるの。売ってって言うと、だめって。ようやくこないだ、勾玉《まがたま》一つ手に入れた。
養老　お買いになったんですか。
白洲　もちろん、買うんですよ。肉親といえども。
養老　僕は骨董とかまったくだめなんです。家内がお茶やってるもんですからね、また古道具屋かって言うと、そうじゃない、古美術だって怒られる（笑）。

白洲　やっぱり私、骨董で教わったこと多くて。骨董というのは人間と同じように付き合わなくちゃならない。黙ってると語りかけてくれるのよ。こっちがしゃべってる間はだめなんですよ。

養老　なんなんですかね。僕はよくわからないんです。でも骨董の話って、わからないから面白いですね。本物、贋物《にせもの》っていうのもおかしな話で。

僕、最近は毎日、虫を見てるんですよ。テレビ画面のいいのが出来て、胃カメラみたいなものだと思っていただければいいんですけど、近づけると、テレビの画面に虫がドカーンと拡大されて出てくる。非常にきれいなんです。

白洲　だから骨董なんかで苦労なさる必要ないんだ（笑）。

養老　この前、ジャカルタに行ったら、女房が骨董屋に行くっていうから、しようがないからついて行ったんです。なんとかいう茶碗《ちゃわん》が欲しいとか言ったら、沈没船から引き揚げたんだと言って親父《おやじ》が奥から出してくる。要するにろくでもねえ茶碗だと思うんだけど（笑）。結局、買わなかったですけど。

いつも、骨董なんてこんなものって僕が言うんで、虫を集めていると今度は女房が馬鹿《ばか》にして、こんな虫っけらがと言う（笑）。

白洲　先生の『身体の文学史』を拝見していて、身体と脳は、三島由紀夫の場合なんかはっきり分かれているでしょう――お気の毒とも言えるけども。私、ひどく同情しますよ、あの方には。だけども、普通はもう少しくっついてるんでしょう。

養老　はい。

白洲　でもそれがどういう具合にくっついてるんだかがわかんないの。

養老　ですね（笑）。だから、それが切れちゃったのが三島だったんです。それを石原慎太郎に言わせると、空っぽだって言うんですね。空っぽに決まってるんで、言葉じゃない方に移ったわけですから。それを言葉でどうこう言おうとしても、それは無理だというのが、たぶん正当の解釈じゃないかと思うんですけどね。けれども三島もやっぱり言葉で言おうとするんですね。

白洲　なんか七つぐらいの時から恋愛小説を書いてたって言うでしょう。これはもう嘘《うそ》にきまってる。言葉だけでしょ。だから、小林秀雄さんは、肉体のない文章っていうのは認めなかったんですよ。それと、書く場合はね、七分が運動神経って言ったな、あの方。三分が頭。リズムというかトーンというか、そっちのほうを大事に。

養老　僕もそう思うんですね。運動神経と言えるかどうかわからないけども、まあ、表現は動きですから。

白洲　発想なんていうのは頭でしょうけどね。

養老　さっきから骨董の話にしたのは、どうも関係あるような気がしていて。骨董って止まっちゃってますでしょう。一応は動かないわけです。それで、なんであんないいのかなと思う。止まった表現ですからね。だから、たぶん好きな人はあっち置いたりこっち置いたり、別な時に見たり、気分を変えて……。

白洲　うん、そうそう。私なんかも花を活《い》けてみたり、お茶を飲んでみたり、灰皿にしてみたり、いろいろ。一つの使い道じゃなくて。で、また、実に素直についてくるんだ、これが。

養老　そう、それ。その表現が典型的だと思うんですけど、「ついてくる」んですね。今の日常生活だと、おそらくそういう表現ってもう出ないんじゃないのかな。道具がその場についてくるとか人間についてくるとか。もっぱら何のためかということが初めから決まっていて、なんでこんなもの置いてあるんだって、すぐ説明ができる。姿形なんか問題じゃなくて、その場に合うか合わないかも考えていない。とにかくあればいいんだと。

　僕がこんなことを考え出したのは、鎌倉へ一応家を構えてからですね。それまでは考えません。そのころから、道具というものを、不思議だなと思いましてね。

白洲　だから、説明できないものが好きなんですよね。

養老　まさに小林秀雄も書いてますね。呉須《ごす》赤絵の大きな皿を買ってきて、次の日に割ろうと考えたとか。「真贋《しんがん》」という文章だったと思うけど。僕が面白いと思うのは、なんでそんなものに一生懸命になるのかなっていうのが。

骨董というのはどこの国に行ってもあるわけですね。

白洲　ええ。ただ、日本のはどうも外国のと違いますけどね。つまり、壊れててもいんだし。よびつぎって言って、壊れたものを接《つ》いで、それが面白い模様になってたり。西洋人にはちょっと、あれは何だと思うかもしれないけど。中国にもそういうことないですからね。

養老　僕らみたいな素人《しろうと》が見ると、普通の人が虫を見たら虫って言ってるのと同じで、骨董を見たら骨董って言ってるんです（笑）。

白洲　でも、それは簡単でいいですよ。うるさいことがなくて。

養老　もう十年以上前になると思いますけど、インドネシアに行って、スラバヤ通りって骨董通りがあるんですね。そこへ行くとものすごいんですよ、客引きが。うっかり、こんなものを探しているなんてばれると、店からどーっと持ってくる（笑）。それで、しようがないから、茶碗買って家に持って帰ったら、「何、この茶碗」って女房に怒られた。いまだにとってあるんですが、油臭いんですよ。きっと油かなんか入れて置いといたやつでしょう。

白洲　油だけは抜けないんですよね。

養老　しかし、ああやってとっておいて売っているとこを見ると、やっぱり……。

白洲　そうやってひっかかる方がいるから（笑）。

お茶っていうのは、われわれとはまた別の、なんかうるさいことを言うわけですよね。でも、実は茶人が一番、骨董わかんないんですよ。

養老　そうですか。

白洲　お茶の宗匠などがいい例ね。ちょうど、能役者がお面がわからないのと同じ。「道具」なんですよ。

養老　そうすると、僕にもまだ骨董を見る脈がありますかね。

白洲　うん、あるある。それでも、脳で充分、事足りちゃってるんじゃないですか？

養老　僕は机の脇《わき》に脳みその輪切りを額に入れたのを飾ってね、こういう書斎は他にねえだろうって（笑）。

白洲　ビューティフルですか。

養老　いや、それはあんまり……（笑）。もうちょっといい脳が欲しいなとか。

勘とは何か

白洲　前から伺いたかったんですが、勘ってなんですか、先生。

養老　それを最近、心理学で難しいことを言って、アフォーダンスと言うんです。われわれが世界をぱっと見て、何を見ているのか。案外わかってない。きちんと実験にすると、余計なことを全部落として、非常に単純化したものになっちゃうでしょう。例えば一番簡単な実験といいますと、動けないように猫の頭を止めちゃうんですよ。そして壁にスライドで、四角とか丸とか簡単な図形を映してみせる。それで脳に針を突っ込んで、神経細胞がどういう反応するかというのを調べます。そうするとほとんどの細胞は反応しませんけど、うまく当たれば反応する細胞がつかまるわけですね。四角なら四角、線なら線を見て。そうすると、一番先は網膜ですけど、その後ろに中脳というのがあって、そこにつながっていき、大脳皮質につながっていく。それぞれの場所で神経細胞がどういうふうに反応しているか、きちんと調べられる。大変論理的に出来ているんですよ。ところが、それは猫の視覚系はこのぐらい論理的に出来ていますという説明ができるんですけど、猫が実際そうやってモノを見ているかが最大の問題（笑）。それがなぜ論理的になるかというと、やっている人がきわめて論理的だからじゃないか。つまりお前の脳みそ、猫に押しつけるなっていう問題があるんですよ。

白洲　なるほどねえ。

養老　それで、動物は世界をどういうふうに見ているのか。一種の総合判断で見ているわけでしょう。要するに勘で見ているわけですね。こっちに行ったら危ないとか大丈夫だとか。そんなものが論理になるかっていうと、僕は最終的にならないんじゃないかなという気がします。ミミズのことですらわからないんですよ。そのアフォーダンスの本に書いてありますけど、ミミズの研究はダーウィンが一生懸命やった。

白洲　ああ、そうですか。

養老　ダーウィンは頭痛持ちで、奥さんがウェッジウッド家の娘だから、財産があって食う心配がなく職にもつかない。それでじーっとしていた人ですから、庭にいる動物、ミミズの研究をやった。向こうのミミズは穴掘って、葉っぱをひきずり込んで、蓋《ふた》をするんです。ダーウィンはそれを丁寧に調べて、葉っぱのどっち側からひきずり込むかを見ていた。そうすると必ず尖《とが》った方から引っ張り込むのが多い。ミミズが選んでいることは間違いないんです。それで今度は箱に入れて飼って、葉っぱのかわりに、尖った方とそうでない方がある紙をつくって入れておく。そうすると、やっぱり紙も尖った方から引き込む。しかしミミズはどうやってこっちが尖った端だということがわかってるのか。ぜんぜんわからないんですよ。それと同じだと思うんです、勘というのは。

その種の学問がどうして始まったかというと、ギブソンという心理学者が最初にそういうことを考えた。彼は、戦争中に、飛行機のパイロットの選別をやらされた。若い人の中から、適性があるのは誰かということをやったんです。そういう仕事をすると、まさに今の問題が出てくる。パイロットはいったい着陸する時に何を見ているのか。結構難しいんです。

白洲　目のいいのを選べばいいかというと、そうじゃないでしょうね。

養老　ええ、問題はそうじゃない。着陸するためにいったい何を見ているのかということから始まった。そこから始まって、心理学の大きな論文ができちゃった。僕、日本とずいぶん違うなと思ったのは、源田実さんが書いてますけど、戦争末期にやっぱり日本で同じ問題が起こって、パイロットがどんどん死んじゃうもんですから、養成する。だけど適性のないやつを養成してもしようがないから、若い人から選ぶ。それを誰に選ばせたかというと、人相見にやらせたのが一番よかったたって。

白洲　困っちゃいますねえ。

養老　日本はいつもそうなんですね。文化の型というか――それ言うとまたわかんねえって言われちゃうと困るんですけど――僕は、ニュートンと宮本武蔵《むさし》の違いだって言うんです。

白洲　うん。それはわかりますよ、すごくよく。

養老　ニュートンは理屈にして、どこでも通じる……。馬鹿でもわかる。本当はわからないんですけどね。

白洲　宮本武蔵は「気配《けはい》」ですわね。

養老　僕、宮本武蔵って、一番印象に残っているのは、何の映画か憶《おぼ》えてないですけど、子供のころに観《み》たので、蕎麦《そば》、食いながら、箸《はし》で蕎麦にたかっている蠅《はえ》をつまんでるっていうやつ（笑）。

白洲　私の友達にも暇人がいてね、一生懸命蠅をお箸でもってつかむことを練習していた人がいてね、それでほんとにできるようになったの。星野さんっていう人なんだけど、一番無駄なことっきゃしない人（笑）。何のためだなんて、「ため」なんてないんですもん。

養老　そうですね。僕ら、もうちょっと効率よくやりますからね。

ご存じないと思いますけど、虫を捕る時は、むちゃくちゃに網を振り回して葉っぱを払っていますよ。それで網の中に入ったのをゆっくり選ぶんです。いろんなものが入るんですよ、ただ、葉っぱを払っていくだけで。五月の末にベトナムに行って、そんなことばっかりやってました。でもあれは女の人はあんまり興味ないでしょうね。虫捕りに行こうって言っても一緒に行こうという女性はあんまりいない（笑）。

白洲　そうねえ……そういえば前に先生のテレビ拝見しましたよ、虫捕りの。なんだってあんなことしてらっしゃるのかと思った（笑）。

養老　うちの母がしょっちゅう言ってました。「あなた、何が面白いの、そんなことして」（笑）。

白洲　生態が面白いんですか。

養老　それも面白いですし、分類も面白い。まあ、普通の人で言えば骨董《こっとう》かなと思ってさっきから考えているんですけどね（笑）。一応売り買いもありますしね。

白洲　もちろん、それがなきゃ。

養老　でも、居る場所がわかって、捕り方がわかったら、あっという間に安くなっちゃう。

白洲　カブト虫がすごいんでしょう。値段が。

養老　カブト虫そのものはそんなに高くないですけど。最近はクワガタ虫ですね。とにかくあれは、大きいほうが高いんです。最近、一ミリ、三十万とか言ってる。

白洲　お子さんの時から、やっぱり？

養老　よく母が言うんです。僕は憶えてないんですけどね、幼稚園から帰ってきても家に入らないで道にしゃがんでたって。犬の糞《ふん》があって、それ見てたらしい。虫が来てると言うんで。

白洲　あははは。

養老　自分で憶えがあるのは、カニが好きなんですね。鎌倉《かまくら》の海岸にカニがいましてね。遠くから見ると、汚らしく砂が盛り上がっているだけなんだけど、そばに寄ってよく見ると、一個一個の砂の玉がまん丸なんです。カニがつくってるんですよ。どうしたのかなと思ってじーっと見てると、そのうち穴からカニが出てくるわけです。白と黒の、砂の模様をした、ちょうど砂みたいな色のカニ。大好きでいつも見ていた。

白洲　砂の玉をつくって、置いておくわけですね。

養老　餌《えさ》をとってるらしいんです。砂についてる有機物みたいなものを。ただ、なんで団子にするのかわからない。食べちゃった分は、それ以上食べると無駄だからああやっとくんですかね。これは済んだ分だといって（笑）。

白洲　わからない、といえば、私は『両性具有の美』の連載中にも書いたけど、南方《みなかた》熊楠《くまぐす》の粘菌でもって苦労したの。まあ、ほんと、わからなくて。今だってちっともわかっちゃいないんだけど。面白いですね、ああいうものがいるって。

養老　こないだ、僕は岩手に行って、山の中に入ったんですけど、たくさんありましたよ、粘菌。茸《きのこ》でなし、黴《かび》でなしっていう。

白洲　養老先生と粘菌か。でも養老年金じゃ食えねえって（笑）。

外国は墓がいい

養老　あんまり外国は行かれませんか。

白洲　年とってからもう行かなくなりました。日本のほうが面白くなっちゃって。初めはそうじゃなかったんですけど、だんだんと。

養老　僕は去年はブータンで、今年はベトナムに行ったんです。ああいうところがいいんですよ。

白洲　学会ですか。

養老　いいえ。昆虫採集（笑）。面白くないですからね、町は。せいぜいお墓に行きます。墓は面白いです。パリのお墓なんかほんとに面白い。「知っている人」がたくさんいるんで（笑）。あるはずだって一生懸命探しても、なかなか見つからなくて、ほんとに草ぼうぼうになってたりですね。そうかと思うと、あれ、こんなに……と思うほどピカピカにきれいにしてあったり。遺族のありようというのがよくわかるんです。日本で有名な人でも、例えば『実験医学序説』を書いたクロード・ベルナールって生理学者がいるんですけど。彼の墓なんかも、ほんとに雑草だらけ。あの人、奥さんと仲が悪かったみたいで（笑）。

白洲　せいぜい仲よくしとかないと（笑）。このごろの日本のお墓みたいに、地所がないからしようがないのかもしれないけど、なんか、画一的に同じようなものが建ってるのつまんないですね、あれ。

養老　その点、ペール・ラシェーズの墓地なんかはわりあいに個性があって面白いですね。あそこには、いろんな人のがありますけど、オスカー・ワイルドのお墓もあるんですね。それも、あるアメリカの「一愛読者」だったか、とにかく本人に関係ない人がつくった大きなお墓。

白洲　モーツァルトのお墓だって、初めはどこにあるかわからないみたいな。

養老　面白いから墓の歴史を調べてみようと思ったんですけど、あれもやっぱり暇がないと出来ないんでね。バッハのも一時、なくなったんですよ。バッハが埋葬されているとわかっている教会があって、そこの墓地が移転することになって、しようがないからライプツィヒ市が掘ったんです。掘ったのがヒスという解剖学者で、そのいきさつを、書いたことあります。その時、掘り出して、結局は、年齢なんかで推定して、だいたいその歳《とし》の男性の骨で、このへんに埋められたという。

白洲　バッハってわりあいに家族が多いんでしょう。

養老　多いです。ただ、それでも墓を掘った時は、もう百五十年ぐらいたってたんじゃないですかね。十九世紀に掘ってますから。最後に、掘り出された骨を、肖像画と比較して鑑定するんです。当時は写真がありませんので、どの肖像画が一番本人に近いかというのから始めるんですね。実はバッハの肖像画って、数枚しかないんですよ。辿《たど》ると、だいたいこれが起源っていうのがわかるのが多いので、オリジナルに描かれた画《え》はそうない。その中で一番確かそうなのを今度は、彫刻家に頼んで立体にしてもらうわけです。それに骨をはめ込む。そうやって確認しているわけです。だから今、バッハの骨だと言われているのは、ライプツィヒの聖トマス教会に入ってはいますが、それはヒスが鑑定した骨で、鑑定が間違っていればそれこそどこの馬の骨かわからない（笑）。他にもいろんな面白い話がありますね。ハイドンは頭の骨がなくなったんですよ。

白洲 あら、そうですか。

養老 彼はね、エステルハージ家っていうハンガリーの大貴族の宮廷楽士長だった。それでやっぱり普通の墓地に葬《ほうむ》られたんです。ところが、ウィンザー公がエステルハージ家にやってきて、その時にハイドンのオラトリオを演奏するわけです。そしたら、ウィンザー公が大変感激して、彼を雇っていたということで、エステルハージ家の株が上がるんです。すると殿様が、すぐにハイドンの墓を掘ってきて、自分のとこの家の墓地に移せって、執事に言うわけです。それで執事が、しようがないから墓を掘って、お棺の蓋を開けたら、頭の骨がない。誰かが持っていったわけ。それが出てくるんですけどね。当時、ガルの骨相学という、有名人が死ぬと、すぐデスマスクとらしてくれというのが流行《はや》った。ガルという人は、有名人の頭の骨を見ればその人の才能がわかるという。有名人の頭の骨を持っていっちゃうというのが流行したんですって（笑）。

白洲 そんな、デスマスクみたいな、外側のものだけでもわかるんですか。

養老 と彼は言ったんですね。それで、ここが愛情で、ここが情熱でなんとかかんとかって、全部ガルの言うとおりになったら、人間の頭は凸凹のこぶだらけになるという感じなんです（笑）。全部、地図を書いて張りつけてある。なんであんな変なことに、西洋人は興味を持つんでしょうかねえ。

それから僕は、お能は、調べてみると面白いだろうなと思うんですけどね。あんなものに凝り出したらまた大変だから。岡山へ行って、林原の美術館で能衣装、見たらびっくりしましたね。ちょっと日本じゃないなっていう感じで。

白洲　お能というのは、徳川時代に武家の式楽になったんです。将軍が、雅楽に対して式楽っていうのを取り入れたから、少し窮屈になっちゃった。でもその型を抜け出た人っていうのがいるんですよ、たまにね。それは面白いけども。型の範囲で守ってやっている人は、いくら上手でも、私なんかやっぱり感動しませんね。我を忘れられる人でないと。あれ、やっぱり一種の呪術《じゅじゅつ》みたいなことから出ているから、面だってなんだって、ちゃんと付けちゃうと、変なもんよ。厚い装束で肉体がなくなって、どっか別の世界から来ましたみたいに、気持ちそのものがなりますからね。最後に「鏡の間」に入って、面を付けて、なんだかお棺の蓋をするっていう感じになるのね。そういうことをいつか書いたら、死にもしないのになぜわかるなんてこと言う人がいるの（笑）。政治家だったけど、その人。

初めはみな女に生まれる

白洲　先生、脳みそと性別というのは関係があるものなんですか。

養老　性差ですか、それはありますよね。あるけど、そういうのはあんまり意味がないんで。一番はっきりした例をとって言えば、男のほうがだいたい女より背が高いんだけど、男の人を一人とって、それより背の高い女の人を探したら必ずいるでしょう。要するにそういうことですよ。違うと言っても、女を一人とってきて、それよりもっと女性らしい男を探してこいって言えば必ずいるんで、あんまり意味がない。傾向はありますけど。もうひとつは、妊娠・出産に関係のあるような機能は男になくていいわけですから、そういう部分は違いますよね。それも若干です。

白洲　多田富雄さんに伺いましたけど、なんかみんな女に生まれるんですって、初めは。

養老　そうです。初めは女というよりも、もともとの形は女です。

白洲　それはホルモンで男に。

養老　そうです。男は無理してつくってます。

白洲　ほんとにご無理でご苦労さまですね（笑）。

養老　よくわかってます。母を見てましたから、いつもそう思ってました（笑）。やっぱり哺乳類《ほにゆうるい》は元が女なんですね。ところがニワトリとか爬虫類《はちゆうるい》は逆なんです。ニワトリは、雌を去勢しますとね、とさかが生えてきて、コケコッコーって言うんです。

白洲　だって、人間だっていくらかそういうふうになるでしょう。

養老　なりません。いくらかは男に近いのがいますけど。染色体で言うと、爬虫類と鳥は哺乳類とさかさまなんです。無理して女に引っ張ってるという形だと思います。だから、鳥とか爬虫類というのがよくわからないんです。一応哺乳類の元はああいうものだと言われているんだけど、そうじゃないですね。分かれてからだいぶ変わりました。根本的に違うところがずいぶんあります。例えば鳥や爬虫類ともうひとつ違うのは、大血管といって、われわれは大動脈が左にあるんですけど、彼らは右にあるんですね。もともと大動脈は右と左に二本あって、片一方はつぶれるんです。胎児の時にはちゃんと両方出来てくるんですけど、哺乳類と爬虫類はそれがさかさまになっているんです。だから一旦《いったん》今の爬虫類みたいな形の動物をつくっておいて、そこから哺乳類をつくろうと思っても出来ないということです。性もさかさまになっているし、大血管もさかさまになっていますから。もっとはるか昔の、ごちゃごちゃで区別のつかない時代に分かれたことは間違いない。

「女子供」とつなげて言うのも、いろんな理由があるとは思いますけど、子供の形と女性の形は近いんだと思います。解剖の教科書を読みますと、男の骨と女の骨で一番区別がつけやすいのは骨盤なんですよね。女性の骨盤の形を説明する時に、ここの穴が広いのは、要するにお産に対する適応だということを言うわけです。だけど、それ以外にいろいろ違いがありまして、そうすると、お産に直接関係のないようなところも、男と女ではっきり違うわけですね。そういうところは教科書によっては小さい字で書いてあるのね（笑）。それで、女性の骨盤がこういう形をしているのはお産に対する適応だって書いてあるのが多いんですよ。それは嘘《うそ》ですよね。どうして嘘かというと、それ、暗黙のうちに男性中心主義が入っているんです。

白洲 男の方から書いてるのね。

養老 だってそもそもは女の骨盤が元の形で、子供を産まなきゃ存続できないんだから。男の骨盤が子供を産まないでいいから運動に適応したんだというふうに書いたっていいわけです。だけどそんなことは完全に誰も言いませんね。

白洲 私はお能が女に出来ないとはっきりわかったのは、そこらへんなんです。つまり、腰の問題でね、男は、外側をぶらぶらに軟らかくしといて、内側に力が入れられる。女はだめなのよ。外へ出ちゃうの。どうしても力を入れるとそうなるの。なんか内面的になればなるほどそうなる。だから、女にお能は舞えないっていう、それははっきり言えるわ。それは、お嬢様に趣味でやらせるなら結構です。だからといって踊りを志す気はないんですよ。なんか、媚《こ》びるみたいなのがあるでしょう。あれ、嫌いなの、私。見てる分にはいいんですよ。きれいだと思って見てるのよね、玉三郎なんか。だけども、自分でする気はないの。今となってはもういいけど（笑）。

養老　でも、それは面白いですね。

白洲　腰の力っていうのは大変なのね。なんか、女だと散漫になっちゃうの。

四段階の性

養老　そもそも「両性具有の美」というのはどういうことではじめられたんですか。

白洲　だから、もともとは、簡単な話なんですよ。どうして女にお能が舞えないかという。けども、稚児《ちご》さんというのが、少し女に近いわけでしょう。結局、お能は稚児のためにあるようなものなんですよ。だから、男が女になっても、それから大人のものでも、稚児にわざわざやらせたりなんかしてるの。その稚児っていうのは、日本じゃ外国のと違って自然なんですね。まるで女と区別つけないみたい。

養老　僕は知らなくて、比較的最近知ってびっくりしたんだけど、ギムナジウムというのがあって、ドイツでは高等学校になってますけど、もともとギリシア語のギムナジウムですね。あれは裸で暮らしている学校ということで、まさに稚児さんの年齢にそこに入る。ギリシア語で「裸」という意味なんです。

白洲　あら、そうですか。

養老　それで、ギリシア人のホモというふうによく言われてるんだけど、必ずしもそういうことではなくて、要するにギリシアの市民社会、民主主義は市民平等で、そこでは本当に裸で話ができる。相手と裸で付き合うという教育だったんですね。奴隷《どれい》は全然別ですけど。それがちょうどお稚児さんの年齢だなと思ったんですね。その時代だけ裸で集団生活をしてる。

白洲　稚児遊びは室町で頂点なんです。それで、徳川に入ると、もう売春になって、そうするともう堕落の一途を辿ってしまう。

ところで先生は両性具有者の肉体というのはご覧になったことは……。

養老　いや、だいたいそういうことを、われわれはそういうふうに考えないで、きちんと定義するんですよ。これはどの段階までが男で、どの段階まで女か——。本来そういうものはないんです。染色体による性がまずあって、その次に、性腺《せいせん》による違いがあって、その次にホルモンによる違いがあって、最後に脳による違いがあると、だいたい四段階ぐらいに性の発生を分けていく。

白洲　つまり例外は入れない？

養老　いや、ないんです、例外というのは。つまり自然の目で言えば、出てくる以上は当然なんです。数が少ないというだけで。四段階のそれぞれの局面で、それまでがどうであっても逆転するケースがあるということですね。だから、いわゆるホモセクシャルであれば、最終的な性差が決定する段階でひっくり返っているはずです。性腺というのは卵巣《らんそう》と睾丸《こうがん》で、つまり卵巣と精巣《せいそう》の違いが出来てくると、初めて次にホルモンが出てくるわけです。だから卵巣と精巣の違いをつくってくるのはホルモンではありません。これは哺乳類の大きな特徴なんですよ。もしホルモンで性差を決めるとすると、哺乳類は全部女になっちゃう確率が高い。なぜかというと、子供は母親の胎内で育つからです。そうすると最初から胎盤がちゃんとしていて、ホルモンは通さないというふうにしとかなきゃだめなはずです。そんなこと、最初から出来るわけがないんですよ。したがって、性腺がホルモンの元になり、精巣と卵巣の違いを決めるのは染色体です。Y染色体が作用したものが性腺の原基を精巣に引っ張るわけです。卵巣と精巣はおそらくもともと同じものです。それを精巣につくり変える。だからY染色体が働かずに、そのまんま放っておくと卵巣になるんです。それが女性が元だという意味なんです。余計な手を加えなければ、哺乳類は女に出来てる。

それは普通の人はあんまり気がつかないんだけど、ホルモンというのは簡単な化学物質です。簡単な化学物質がなぜ働くかというと、行った先で、相手にくっつくからなんです。それはホルモンの受容体です。受容体がなければホルモンなんかぜんぜん効かない。ところがこの受容体が生まれつき壊れている人がいる。そうすると、男性ホルモンがいくら来てもくっつかない。そういう人はどうなるかというと、性腺は精巣、つまり睾丸になってるんだけど、そこから男性ホルモンが一切効きませんから、外見は完全に女性になります。そこから先は、その人に何が起こるかというと、年頃になって、いわゆる原発性無月経って、一切月経がないという状態で初めて医者に来る。外見その他、一切わかりませんから。しかし、調べてみると、卵巣の位置に精巣がある。そういうふうに、われわれは両性具有ではなくて、性の分け方というものをきちっとしてしまうんですよ。

白洲　性別を決定するのはまず染色体ということになるわけですか。

養老　そう、一番最初はそれで決まるわけです。でも染色体がそうだからといったたって、極端に言えばXOという人がいるわけですよ。Xだけしかない。Yもないし、Xが一本足りない。そういう人は女性になります。それからXXYという人がいます。Xが二本ある上にYがある。そういう人は、一応外側から見れば男性の恰好《かっこう》にはなります。

白洲　なるほど……。そういうふうに私の書くものはいつも、ただ、勘じゃないけれども、書いて、晒《さら》して、学者の方よ、どうぞ、なんとかしてくださいって問題を出しているだけ。いつでもそうですよ。明恵上人《みょうえしょうにん》だってそれで河合先生が書いてくださった。『明恵　夢を生きる』(京都松柏社《しょうはくしゃ》)というのを。私にはなんにもないんですよ、骨になるものが。

オカマが一番純粋な男

養老　いわゆる稚児の年代の人というのは、なんか特別ですよね。僕、一番よく思うのは、阿修羅《あしゅら》ね、あれもわかりませんね。男か女かわからない。男性でしょう、あれ。

白洲　本当はうんと怖いものなんだけど。

養老　あの年代を非常によく表していますね。

白洲　それと、新羅《しらぎ》から来たという弥勒菩薩《みろくぼさつ》ね、あれは非常にそうだわね。細くて、腕やなんかもきれいで。

養老　ある時期の少年の美しさ……僕、憶《おぼ》えがありますよ。僕の学校は男子校で、外人の神父さんが校長で、修道院がついてましてね。その学校で、英語の劇をしょっちゅうやるんですね。でもシェイクスピアの『ベニスの商人』なんかやろうとすると、ポーシャが困るんですよ。あれは女が男の恰好をするんだけど、それを男がやるわけだからわけわかんない（笑）。で、まさにその年代の子がね、口紅をちょっとつけるんです。そうするとね、ゾクッとする。僕は時々、ホモじゃないかって言われるんだけど、そうじゃないんだ（笑）。だけど、その感じはよくわかる。

白洲　私にもよくわかるな、それ。男女共通で美しいと思うんじゃないですか。でも、よくそういうのを「オカマみたいで気持ち悪い」って拒絶しちゃう人がいるでしょ。それはなんなんだろうと思ったんですけど。

養老　オカマが気持ち悪いというのは、死体の気持ち悪さと同じですよと、僕はよく言ってるんです。それはどういうことかというと、ちょっと言い方が難しいんだけど、死体というのは、要するに中立的な人間というか、中立的な身体というのが露呈してくる。文脈のない。オカマの男がそうなんですよ。つまり外見上、完全に女に見えれば見えるほど、これが男だって意識した瞬間に、そこに現れてくるのは、実は、本来の男の機能のない男でしょう。完全に中性的な男がそこに存在する。そういうものを見た瞬間に、人間は気持ち悪いって言うんですね。

それは当たり前なんですよ。なぜかというと、定義出来ないものだから。オカマを気持ち悪いと言っている人は、そこで初めて、中立的な男の実存に気がついているんです。普通は男というものを社会的な役割ないしジェンダーなり、性的な役割なりと考えてしまうから。だけど、それだけじゃないんで、そこに純粋に男というのがもしあるとしたら、まさにオカマの方なんです。

白洲　それを一番よく書いてるのは、やっぱりバルザックだと思う。『セラフィタ』なんかね。しまいには神仏にまで昇華されてしまう。菩薩はどんなに色っぽくてもヒゲが生えてるでしょ。してみると、オカマが一番純粋な男、ね――。今度知り合いのオカマに教えてあげなきゃ。けどきっと、そんなのヤダアって言うわね（笑）。

お能と臨死体験

多田富雄

一九三四年茨城県生まれ。免疫《めんえき》遺伝学者。「抑制T細胞」の発見で日本の免疫学を世界水準に引き上げ、文化功労者となる。九三年『免疫の意味論』（青土社）で大佛《おさらぎ》次郎賞受賞。

一九九五年　白洲邸にて

死が怖くなかった

白洲　先日はわざわざ病院までお見舞いに来て頂いてありがとうございました。
多田　伺った頃はまだ、かなり苦しくていらしたんじゃないでしょうか。
白洲　ええあの時はちょっとまだ。何しろ肺炎で死にかけてからそう日がたってませんでしたから（笑）。今でもまだ、あまり歩き回ったりすることが出来なくて……。普段から少し喘息《ぜんそく》があるもんで。ブレーキになってちょうどいいんです。ないと駆けずり回って、かえってひどいことになりますから（笑）。
多田　今度のご病気では、いろいろ考えられたんじゃないですか。
白洲　考えたっていうよりも、大変な経験でした。夢うつつでね、ほんとに意識がなかったと思うの、三日間ぐらいは。それで四日目ぐらいにようやく助かったってお医者さまに言われた時に、ああ、そうかと。だけど、その間、夢の中でいろんなことやってたわけよ、お能を舞ったり、忙しかったわ。

多田　死ぬ時にはどんなことを考えるか、なんて私も時どき思うことがありますけど、きっと、私もお能をやってると思いますよ。「融《とおる》」の早舞かなんかを。

白洲　だから、ちっとも怖くないのよ。もう死ぬほんのそこらへんまで行ってるのに、夢見てる——狭い道で、岩山のようやく一人だけ這《は》いずって登れるような道なの。片方はあの世でもう片方がこっちの世。落ちたらそれっきりなんだけど、怖くない。その間「弱法師《よろぼし》」の出のところを舞ってる。夢の中の自分の、そのまた心の中で。それで身体《からだ》の方は、一生懸命その岩山を歩いてるという。

多田　「弱法師」ですか。

白洲　弱法師の幕から出るとこで苦しい場面があるでしょ。盲目で、杖《つえ》ついて、歩きながらずっと橋掛りで謡《うた》いつづけてる。実際に身体が苦しいから、そのことを思いだしたのかも。とにかくやたらといろんなものが入っているの。例えば最近読み返したバルザックの『セラフィタ』、その中にやっぱり同じような山道を行くところがあるのよね。それから、『両性具有の美』の連載の中で天狗《てんぐ》のこと書いたあとだったから、天狗に連れられて、日本国中の「とられてゆきし山々を……」思いだしたりして。だいたい、私が昔行ってるとこなのよ、みんな。それを上から俯瞰《ふかん》してるの。その時のことを今度書こうと思っているんだけどね。でもきっと書けないわ。難しい。

多田　ぜひやってみていただかないと。

白洲　やだな（笑）。でも私が死が怖くなくなったということのひとつには、それこそ多田先生の「生命の意味論」（「新潮」）を拝見してから、ほんとに気が大きくなった。結局一つの宇宙が自分の中にあって、それは自分ではどうしようもないと。もう決まってるのだから。夢うつつで憶《おぼ》えてるのは、お医者様がすごく心配してること、それに対して私は大丈夫です、大丈夫ですって言ってる。「死ぬのは怖くないから大丈夫」っていう意味で（笑）。

多田　でもそれはお医者さんには分からない（笑）。

白洲　だから、あとで、「あなたはしきりに大丈夫ですって言ってたけど、あの時はちっとも大丈夫じゃなかったんですよ」だなんておっしゃるから、「そういう意味じゃなくて、死ぬのはちっとも怖くないから大丈夫ですっていう意味だ」って説明して。今までは病気しても、死ぬのはやっぱりちっとはいやだったのよ、でも戻ってきちゃったわよ、死の淵《ふち》というやつから。それからの回復は今度はほんとドラマティックだったわよ。

なんにも食べなかったのよ、二週間ぐらいは。スープぐらい飲んでたかもしれない。

だけど、それは覚えていないのよね。そうして生き返って、はじめて飲んだ水のおいしさっていったら、もう。あらゆる味がその中にあるみたいにおいしかったんです。

味という記憶

多田 私も今年、風邪がひどくなって顔面神経麻痺《まひ》になりましてね。顔面神経っていうのは、最後に七本に枝分かれしていて、そのうちの一本が味覚の神経になっているんです。そのため味覚障害が起ったのです。顔面麻痺のほうは、ちょっとかっこ悪いけどしようがないと思えばいいんですけど、味がなくなったのはたまらないですね。それが、二ヵ月以上続いたんです。

白洲 以前、子宮外妊娠で破裂したことがあって。ドイツでだったんですが、手術の時に、麻酔が効きすぎたのか、一年ぐらい、何を食べてもエーテルの味。これで一生行くんだったら、死んだほうがいいみたいに、いやだった。

多田 味が分からないというのは、文字通り味けなき人生ですね。私の場合は、しょっぱいとか甘いとか、そういう動物的な感覚はちっともおかしくないんですけど、いいワインを飲んだ時の味とか、炊《た》きたてご飯のおいしさとか、そういう高級なのが分からなくなりまして。

白洲 もしかすると、それが一番大事な味なんでしょうね。辛いとか甘いとかいうことよりも。私の時も同じでした。

多田 幸い自然に治ってきたんですがまだ一〇〇パーセントじゃないんです。おいしいはずのものを食べても、こんなはずじゃなかったと悔しくてしょうがないことがあります。

白洲 やっぱり一年ぐらいかかるかもしれないですね。

多田 耳鼻科の教授が診てくださっていて、顔面のつれていたのが治ったもんですから、完全に治りましたなんて言われたんで、私は本気で怒ったんです。とんでもない、生きているのがつらいくらいだって言ったんですけど。そういうことはお医者さんには分かりませんね。運動神経とか、しょっぱいとか甘いとか、そういう動物的な感覚は、非常に早く治るんですよ。ところが、一番高級な季節の味とか、そういうものが分からなくなってしまうんですね。それが治るのには時間がかかるんです。

味という感覚の中の七〇パーセントぐらいは香りらしいんです。香りがない世界って、これは想像したこともありませんけれど、大変な世界でしょうね。香りを失った人もたくさんいますよ。末梢《まつしよう》神経の障害なんですが。嗅覚《きゆうかく》とか味覚とかというのは、なかなか高級な構造なんですね。

味というのは、一種の記憶なんですよ。だから、子供のころからおいしいものを食べさせてないと味が――味音痴といいますけど――分からなくなるんです。僕のとこの犬なんか、チーズが大好きなんです。しかも高級なチーズ(笑)。そんなに好きなんだから、よく味わって食べればいいのに、あっという間に飲み込んでしまう。一瞬のうちに味わって歓《よろこ》びを感じているんです。それはかつて食べたチーズの味の記憶がずっと長く保存してあって、一瞬食べただけでそれを再体験するんですね。それが味の歓びなんです。

白洲　でも、私があの時、夜中に飲んだ水のおいしさっていうのはね、生まれてはじめて飲んだような。それも記憶かもしれないけどね、忘れてるだけで。よく醍醐味《だいごみ》って言いますわね。お釈迦《しやか》様が修行を終えて、菩提樹《ぼだいじゆ》の下で悟りを開いて、それで今まで何も食べなかったところへ、おいしい醍醐味を持ってきてくれる。それがきっとこういうふうなおいしさだろうなと思うような、記憶にある味とちょっと違うんですけどね。それは頭でつくっちゃってるのかしら、私が。

多田　あるいは、それが本当の発見なのかもしれませんね。

白洲　確かに、そういうふうな感じ。だって赤ん坊がはじめて食べたっていうような感じだった。私、美味《おい》しいものは大好きだけど、味覚なんてそんな鋭敏でもないように思うのに。以前、小林秀雄《ひでお》さんが、吉田健一さんのことを、あんな大食いなやつに味が分かるわけがないって言ったけど、どうなのかしら。

多田 大食いとグルメは、ほとんど紙一重だと思います。大食いの人は、ちゃんと味が分かるから食べられるんで、味が分からなくなったら大食いなんか絶対出来ませんから。私なんかもよく、味にうるさそうですねなんて言われるんですけど、自分で考えると、単純な大食らいに過ぎません。家内なんか、おいしいと思うと際限なく食べるっていって嫌がりますけど。

白洲 やっぱり頭ででっち上げてるんだと思うわ、味を。

多田 確かに、記憶は非常に大事な要素ですね。食べた瞬間に、いろんな、例えば駅前食堂で食べたのはあの時だったんだ、あの時は九州に行って楽しかったとか、そんなことまで思い出しますからね。

飛躍できるのが脳のすごさ

多田 匂《にお》いは、そういう意味ではもっと過去の喚起能力がありますね。匂いだけで、すごい物語のある情景が思い浮かぶことがあります。

白洲　あります、すごく。私、お香だなんてきっとそういうもんだと思う。反魂香《はんごんこう》だなんて、幽霊をほんとに見てしまうんですから。

多田　反魂香というのは、お香の匂いで死者と過した情景、その上性的なことまで思い浮かべさせるんでしょうね。

最近びっくりしたことがあるんですけど、私の母親が癌《がん》の末期で、吸入をするためにアルコールランプを使っていたんです。あれは独特の匂いがしますね。あんなもの何十年も嗅《か》いだことがなかったんですが、その匂いで、私が六、七歳ぐらいの時に病気になって寝ていた部屋のことを突然思い出したんです。その時周りを見ると、八畳ぐらいの部屋の右側のところに、私の祖父がロシアから買ってきたという、古い油絵が掛けてあって、その絵の様子なんかよく分かるんです。もっとすごいのは、足元の左側のところに、床の間がありまして、そこに軸が掛かっていたんです。子供の頃ですから、何が書いてあったのか分からないけど、のたくったような草書の字が書いてあったんです。それが匂いで呼びさまされた記憶の情景の中では、どうも読めるんです。もちろん全部憶えているわけじゃありませんけど、その中に、白雲なんて書いてあるのが読めるんですよ。なんと、アルコールランプの匂いから――。

白洲　白雲と似てるわね、何となく。

多田　それを、脳の研究している養老孟司《たけし》さんに話したら、大笑いしましてね。おかしいんだけど、どうしておかしいのか分からないって（笑）。匂いを感じとる受容体というのがあるんです。匂いというのは、それこそ犬だったら、何千万種類の匂いを区別することが出来るんですよ。例えば一人ひとりの匂いを区別することさえ出来ますね。犯人の靴下の匂いなんか覚えて、見つけ出しますね。微妙な匂いの違いを区別することが出来るんです。でも、匂いの受容体の遺伝子って、たった数百ぐらいしかないんです。その数百の遺伝子の産物を、おそらく組み合わせて、そのうちから、例えば何種類を選ぶというような組み合わせで匂いを嗅ぐと、天文学的な種類の匂いを区別することができることになるわけです。そういう不思議な脳の作用があって、たった数百ぐらいの遺伝子で、何千万という種類のものを区別することが出来るわけです。免疫《めんえき》が体に入ってくる異物を見わけるのも同じようなやり方です。

白洲　じっとしているもんじゃなくて、いろいろあっち行ったりこっち行ったりするわけですね。

多田　遺伝子というと、ひとつひとつ完全に決まっているものと今まで考えられていたわけですけど、それぞれの人とか犬とかが、いろんな経験をすることによって、非常に限られた遺伝子から無限のものをつくり出すというところがあるんですね。

白洲　いまの白雲の字なんかは視覚のほうでしょう。匂いとは一見無関係なんだけど、ぱっと結びつくのね。

多田　コンピューターでは出来ないことですね。

白洲　それが、生きているということでしょう。

多田　コンピューターは、飛躍したり、連想したりということが出来ないようにしているわけです。飛躍するコンピューターをつくると間違えちゃう（笑）。内田百閒《ひやっけん》が、「みよしのの山の秋風さよふけて」という歌から、一番最初には、岡山駅前の「みよしの」というあんみつ屋を思い出して、「故郷《ふるさと》寒く衣うつなり」で朝鮮の唐砧《からぎぬた》のことか、四谷《よつや》の横町で砧を打っていた人がいたとか、それから、お能の「砧」とか、「長安一片月／万戸擣衣声」という李白《りはく》の詩を思い出すという話を延々と書いてますけどね。あんなことをコンピューターにやらせたら壊れちゃう。なにしろ、あんみつ屋から李白に行っちゃうわけですから。それが出来るのが人間の脳のすごいところです。

白洲　私、碁も将棋もほとんど知らないんですけども、藤沢秀行《ひでゆき》さんという名人は面白い方なのね。その方の本で読んだんですけど、将棋のほうは動きも枡目《ますめ》も決まっているもんで、コンピューターに入るんですってね、全部。それで、今までの手を全部知ってないと、なかなか勝てない。名人になれない。だから、本当に強くいられるのはせいぜい二十歳から三十歳までの間なんだって。ところが、碁は全然違う。いくら老人になっても大丈夫だと。つまり、今の「みよしの……」の方。イマジネーションなの。

「考える」ということ

多田 その他にも語学、外国語を覚える遺伝子っていうのもあるんじゃないかと思うんです。
白洲 あら、ほんと。あるんですか、そんなもの。
多田 子供のうちにあちらへ行きますとあっという間にその国の言葉を覚えますね。その能力は遺伝的に備わっている。そして――。
白洲 忘れるでしょう。
多田 そうです。二十歳ぐらいまでに行った人はRとLの発音なんて非常にしっかり覚えますね。英語そのものは忘れちゃってもRとLの発音は覚えてますね。恐らく遺伝的なもんだからでしょう。

白洲　記憶力というのは、どういう「力」なの。

多田　記憶というのは、脳の中で、ちょうどテレビの中の配線の回路と同じに、記憶の回路ができていくんですね。それを子供のうちにしっかりつくっちゃうと非常に長もちするわけです。ところが二十歳過ぎて、ある程度脳の構造ができてからですと、すぐにプッツンになって（笑）。なにしろ人間は、生まれてから脳の細胞は増えないんですから。減るばっかりです。記憶の基本の構造ができるのは十代ぐらいまでですね。記憶の基本構造ができて、そこから次々に枝葉が分かれていくのはそれから後でもできますけれどね。子供の時の環境が大きいわけです……。十代までにその構造ができてしまうから、そのころがとっても大事なんです。子供の教育が大事だっていうのはそういうこともあるんでしょう。しかしその人の個性とか人格とか、そういうものができてくるのはそれから後なんですね。だから基本構造は十代でできるけれども、それから後でも発達する。

白洲　人格形成とかはその後なのね。じゃあ、考えるというのは一体どういうことなの？「力」じゃなくて、考えるというそのもののこと。だって体じゅうで考えてるっていえばそうだし、脳だけで考えてるっていえばそうだし。

多田　能楽師がお能をやる時に、体で考えるってよく言いますね。頭で考えたってだめだから体でやれって言いますね。脳は色々と断片的な反応をしているだけですが、それがどうやって統合されて、ひとつの考えになるのかというのはまだわからないんです。ですから、体で考えているっていうのが、本当なんだと思います。科学はそういう点ではまだ発達していないんです。さっき味の話をしましたけど、しょっぱいとか酸《す》っぱいとかっていうのは電気的な刺激なので、神経のどこがだめだったらその感じがなくなる、そのくらいのことはわかるんですけど、高級な、例えばそれを食べたおかげで新潟の田舎の風景まで思い出すような炊きたてのご飯の味とかっていうことになりますと、それについては大脳生理学でも、現在の科学では答えられないでしょうね。どうやって知って、どうやって考えるのかはわからないんです。ですから、考えるとは何かというのはすごく難しいご質問ですね。いろいろな刺激が入って、それを綜合《そうごう》して、それをもとにして何か新しいものをつくりだして外へ出すわけですからね。そういう部分については今の脳の研究は全然進んでないんです。だから考えるとは何ですかと言われると、答えられません。

女にお能はできない

白洲　一度伺っておきたかったんですが、先生がそもそもこういう研究の、科学の道に進まれるきっかけというのはなんだったんですか。

多田　まったく偶然のつながりみたいなもんなんですけど。大学卒業するまでは、町の開業医になろうと思っていたんです。そのうちに、いろいろ疑いが出てきて、まずその一つは、昔のお医者様というのは、トントンとたたいたり聴診器で聞くぐらいしか診断の方法がなかったんですね。それが私は、とっても下手だったんですよ（笑）。学生の頃、実習で、患者さんに聴診器を当てて、どうですかなんて言われても、何も分からないんです。ぜいぜいしてるくらいのことは分かりますけど、もっと複雑なことは分からなかったんです。ちょうどその頃、少し近代的な機械が入ってきたんですね。電気泳動というんですが、血清を採って、二つの電極の間に置いておくと、それが動いて、肝硬変とかの重い病気などが、たちどころに診断がつくんです。ああ、これこそ科学だと思って、そちらのほうを勉強しようと思ったんです。そんなことやって研究室に出入りしている間に、だんだん面白くなっちゃいまして。ちょうどその頃、私のおりました大学に、面白い先生が何人かおられて、お付き合いしているうちに、だんだん仲よくなってしまって、気がついた時にははまり込んでしまっていたんです。

白洲　そうですよね。結局「人間」との出会いですよね、やっぱり。

多田　私をアメリカに呼んで下すった先生というのがなかなか面白い先生で、その当時アメリカでとっても大事な研究をしておられたんです。その先生が日本で研究をされていた頃、私が少し研究の手伝いをしたことがあるんです。私はやることがのろくて、夜中までかかってしまうんですが、それを見ておられたんですね。アメリカから手紙を下すって。

白洲　アメリカ人？

多田　いえ、日本からアメリカへ行かれた方で、経団連の会長をされた石坂泰三さんという方の甥《おい》ごさんで石坂公成《きみしげ》という方なんです。それこそノーベル賞を受賞してもおかしくないような研究をされた方です。その方から、「多田君を少し預かりたいんですけど、いかがでしょうか」っていう手紙が私の先生のところへ来たんです。その理由が、「彼は、実験をやらせるとものすごくのろい。のろいから、かえって、間違うという可能性は少ない。今、私はとても大事な研究をやっているので、のろいほうがいいくらいなんです」って。それで、のそのそとアメリカへ行ったんです。

白洲　どこのユニヴァーシティですか。

多田　デンバーのコロラド大学医学部というところです。全部で三年半ぐらい行ってました。

白洲　高校生の頃は、確か、大変な文学青年でいらしたんでしょ。

多田　はい。文学少年というのか、哲学少年というのか。科学者になろうなんて思っていたわけじゃないんです。はじめは、詩人や評論を書いてる人たちと付き合って、文章を書いたりしていたものですから、文学部へ行こうかと本気で思っていた頃もあるんです。受験もしたんですけど。

白洲　でも、この頃、いい傾向だと思いますね。こんなふうに、科学のほうの方が文学のほうに入ってらして。最近の文学があまり面白くないでしょ……。本当は逆にも行けるはずなんだけどね。逆にも行けるし、もっと広くなれるはず。本来、文学ってそんなもんなのに、なんだかどうも日本の文学って、非常に狭い芸術の中で閉じこもっているみたいなとこがあって、なんか窮屈。先生の書かれるものが面白いのは、広がりがあるから。

多田　今、生命科学はとても面白い時期なんです。次々に大発見が起こっていますから。科学者にとっては一番面白い時だと思います。私自身は、はじめは科学なんかやっちゃってと思ってた時期もあるんですけど、今はやっててよかったなあと思います。とても楽しいです。

白洲 いい時期にお生まれになったというか。あんまり早くても駄目だし、遅いと、もう発見が一応一段落したような感じで。例えばこないだお書きになった性の問題なんか、分かったのは最近なんですか。

多田 ええ。ここ二、三十年で、考え方が次々に変わっていったんです。でも、さすがにこれは、文学者や哲学者には先見の明があったのかも知れませんね。その人たちが考えていたことに合致するようなこともたくさん出てきています。例えばセックスの互換性なんていうことに関しても、医者のほうは、セックスというのは万古不易というのか、生まれた時にもう決まっていて、一生変わらないと思っていたわけです。けれど、白洲先生の今の連載(『両性具有の美』)を見ましても、人間でも両性具有などという現象はしょっちゅう起こっていたことです。それを文学者はちゃんと取り上げてきたんですが、医者は単なる身体の異常と考えていた。

白洲 私のあの連載の最後は世阿弥《ぜあみ》にいく予定なんです。よくもあれだけ、自分は後ろに隠れてて、男色というんじゃない、両方のものを舞台に出したと思って感心しちゃうのよ。それで、足利義教《あしかがよしのり》に疎《うと》んぜられて佐渡へ流されたりなんかして。世阿弥の書くものはそれでだめになって抽象的になった、だなんてことを言う方もあるのよね。でも、そうじゃないのよ、あっちへ行きたかったのよ、世阿弥は。行きたかったんだけどなまじっか芸が受けてしまってるから、行けなかった。舞台を離れてから、もっと普遍的な、「人間」の生き方を自由に書けるようになったと思います。

つまり私は最終的に、女にはお能は出来ませんっていうことが言いたいの。

多田　最近、金森敦子《あつこ》さんという方が書いた、『女流誕生』（法政大学出版局）という本が出ましたですね。津村紀三子という女性能楽師の伝記ですが、それなんか見ますと、能の世界で、女性が能を演ずるようになるためには、実に大変なことがあったんですね。

白洲　私はその津村さんって方をちょっと知ってますけどね、お気の毒だけどだめなんです、やっぱり。お能には男の肉体と腕力というものが必要なのよ。だから、いくら難しいことをやってみせてもダメなの。本当は分かるはずだと思うのよ、そこまで行けば。ところが、あの人は分からないんだな、夢中になっちゃって。宗教みたいに信じちゃったからなんだか可哀想《かわいそう》みたいになった。

多田　悔しかったでしょうね。どうにもならないんですから。とにかく死ぬまで、その矛盾に挑戦していったんですね。だから、周りの人が困惑しちゃった。津村さんのお弟子さんとか、その時の小鼓《こつづみ》を打っていた女性とか――その女性というのは、寺島澄代さんといって今の私の鼓の師匠なんですが。津村さんは、悔しさのあまりあらゆることに挑戦するんですが、みんなそれがだめなんですね。

白洲　「羽衣」もだめね。気の毒だけど。なんにも知らないお嬢さんが、お楽しみにするほうがずっといいの。

多田　ただ、破れかぶれになって挑戦していって、自分の周りの人間関係まで破壊しても、それでもやり続けようとしたそのすさまじさには負けますね。

お能中毒者への道

白洲　さっきのお話で学問的なところは分かりましたけども、最初にお能に興味を持ったのはお幾つぐらいの時？

多田　医学部の受験をしようと思って、高校三年ぐらいの時ですけど、東京の予備校に、模擬試験のようなものを受けに来たことがあるんですね。その時偶然、お能を見ました。それが、白洲先生の御師匠の梅若實《みのる》さんの舞台で。なんという幸運なことだったろうかと思いますね。

白洲　その時に見るものが違ったら、もしかしたらそのままで通りすぎたかもね。

多田　その時は朝日五流能というので、それぞれの流儀の方が出ていたんです。先代の喜多六平太の「鉢木《はちのき》」がありまして、小さな老人ですけど、鉢巻をして薙刀《なぎなた》を持って橋掛りを疾走してきて舞台に入ったとたん、大男に見えました。その後が、梅若實の「蟬丸《せみまる》」だったんです。もちろん私はお能なんてまったく知らなかった。田舎の高校生ですから。そうしたら、笹《ささ》を持って、髪を振り乱して朱の大口を穿《は》いた狂女がふらりと橋掛りに現れたんです。今でも僕はその姿をありありと思い出すことが出来ます。そのくらいびっくりしちゃったんです。

その時はそれで終りだったんですけど、その後、予備校で机に向かって受験勉強なんかしていると、どうもその姿が思い出されてしようがなかったんです。大学に入って、当時、千葉県に大倉七左衛門という大鼓の家元が疎開《そかい》しておられまして、僕はぶらっと行って「こんにちは。鼓を教えてください」って言ったんです。そうしたらはじめは怪訝《けげん》な顔をしておられたんですけど、「興味を持っているんだったら、教えてあげますよ」と。「月謝は幾らでしょうか」って聞いたら、「今時の学生さんでこういうことに興味を持つ人はいないから、しばらくの間は結構です」なんて言うんです。それからは、素人《しろうと》には教えてくれないようなことまで教えてくれました。太閤秀吉《たいこうひでよし》拝領の鼓の胴とか、そういったものを虫干しするのを手伝わしてくれるんです。「これは足利時代の胴です」と見せて下すったり。そんなことをやっているうちに、だんだん、ずるずると（笑）。お能って、一種の毒がありますからね。

白洲 中毒しちゃったのね。

多田 研究もそうなんですよ。与えられた研究をやっていても、はじめは退屈で、どうしていいのか分からないんですけど、ある日、なんかちょっとしたことを発見するんです。そうすると、発見するというのには、一種のエクスタシーがありましてね。それを二、三度やりますと、だんだん抜けられなくなっちゃうんです。研究室に行って、ほんとは毒にも薬にもならないようなことをやっているんですが、中毒のため何をやっても楽しくなるんですね。それで研究者になってしまった人も多いと思います。はじめから俺はこの研究をやるんだなんて、そういう人は少ないんですよ。

白洲 ものがはっきり見えるというような瞬間っていうのって、そんなに日常にあることじゃないもの。

多田 夜中じゅう実験やって、明け方になって、その結果を全部書いて並べてみると、ああこういうことが分かったっていうことがあります。そうすると、その朝は嬉《うれ》しくてしようがないんです。世界じゅうに何十億人の人がいても、このことは僕と、一緒にやっていたもう一人の人ぐらいしか知らないわけですからね。実際には大したことじゃないんですが。

お能も、素人なんかにはちゃんとは出来ないはずですけど。小鼓でも、大鼓でも、玄人《くろうと》とは比べものにならないですよ。ところが、発表会なんかで、周りじゅう玄人に囲まれると……。

白洲　どうしても舞台にのぼってやらないとだめなのよ。いくら普段やっててもだめなの。やっぱりある緊張感みたいなもの、攻められるような感じを得る。あれはやっぱり舞台で覚えるんですね。見物の前で。

多田　たとえ素人といえども、舞台に上がったからには、周りの玄人の囃子《はやし》方《かた》は本気でやってくれます。こちらが、ちょっと一つ受けそこねるだけで、もうめちゃくちゃになりますから、こちらも本気になってやるわけです。そうしますと、普段は出来なかったようなことが出来ちゃうこともある。

白洲　で、またやめられなくなっちゃう。

多田　おそらく、脳の中に、エンドルフィンという快感物質がありますけど、そういうものが舞台が終ったあとでぱっと出るんでしょうね。汗びっしょりのところに、それが出るもんですから、なんとも不思議な爽《さわ》やかな風が吹いてくるんです。そうしますとしばらくご機嫌がいいんです（笑）。昔、お大名がお能をよくやりましたね。あれは、上手にやらせて、快感物質を出させてご機嫌をよくしてたんじゃないでしょうか（笑）。

人間の身体と同じ能舞台

多田　先生の最初の舞台の時はどうでしたか。

白洲　一番はじめは、仕舞で、まだ五つぐらいの時。得意だったわよ、嬉しくて。

多田　やっぱりよく憶《おぼ》えていらっしゃいますか。

白洲　憶えてますよ。でも、その得意の時期を過ぎちゃうといかんのよね、今度は。なんにも知らないうちのほうが、やっぱりよく出来てたと思う。一足の足の扱いかただとかなんとかって、そういうことを考え出しちゃうとだめね。

多田　自分の実力も分かりますしね。

白洲　ええ、そう。実力が分かるのよね。私なんか百番近く舞ってるんですよ。袴《はかま》能《のう》も入れて。当時は囃子（能の舞の部分を囃子の伴奏だけで舞う）なんて毎週どっかであったわね、盛んな頃で。三井さんとか、益田鈍翁《ますだどんのう》とか、お能が好きな方ばっかりだったから。それでうちの座敷に一週間に一度ずつ、實さんの息子の六郎さん、今の六郎さんのお父さんがつつっぽ着てお稽古《けいこ》に来るのよね。それは毎週、水曜日だったわ、忘れもしない。十五で型は全部教えられたのよ。實さんのほうは、ひと月に一度いらして。

でもね、私、ほんとにお能を先に好きになっちゃったでしょう。ちっちゃい時、お人形さんもおもちゃもまだ全然何も知らない時に。だから、生意気なイヤな子供だったと思う。諸行無常とか、輪廻《りんね》とか、夢の世とか、ああいう言葉を最初に覚えちゃった。「隅田川」の、「親子とてなにやらん」っていうのありますでしょう。幻に生まれきて、死んでしまえばそれっきりでっていう。仮の世だとかいろんなこと覚えちゃったのよ、先に。小学校へ行くより前。それで世間を見て、なんでこの人たちはああいうことが分からないんだろうと思っちゃうの、嫌な子供よねえ（笑）。それを埋めるのに大変だった、長いこと。一生かかったと言っていい。

多田　節がついてますから、覚えやすいですしね。

白洲　それで、気持ちいいでしょう。いかにも、「親子とてなにやらん」ってなっちゃう（笑）。親の前でそう言ったりとか。

多田　なかなかの捨てぜりふになりますね（笑）。

白洲　その頃はただ謡《うた》ってるんだから、なんにも分からないで。だから仮の世っていうのは、ほんとにそうだと思ってたわ。

多田　確かにお能を見てますと、そういう感じが直接に分かりますね。たとえ子供でも分かると思いますね。お能の中には幽霊がしょっちゅう出てきます。死ぬということについてもずいぶん……。

白洲　でも、死ぬと思って見てないわね、子供の時は。幽霊も、生霊《いきりょう》も、現実にいる人間と思って見てたから。

多田　楽屋に戻れば生きているんですから。能舞台って、そういう意味で、死の世界と現実の世界が、一種、入り混じっている場所ですね。なにしろ、ちょっと三間ぐらいの橋掛りがあればその向こうは死の世界。

白洲　でも、先生は科学の分野にいられて、生と死が混合している場所を同時にずっと見ていらっしゃったわけでしょ。そういう視線って面白いわね。

多田　人間の身体も常に生と死が入り混じっているわけですね。毎日何千万という細胞が死んで、また生まれています。だんだんと死の比重が高くなってきますけど。生きているというのは、そうやって身体の中に死を育てているわけですから、そういう点では、能舞台と同じだと思いますね。

白洲　だから、私は小さい時からそうだったわ。死は、いつも隣にいると思ってね。だから、生死というのは、そう違うもんじゃない。今、生きることに一生懸命でしょう。いろんな本なんかでも、どうしたら生きられるかなんてことばっかり書いてるけど、ばかばかしいのよ、あれは。もっと死ぬことを考えたほうがいいみたいな気がする。

でも、不思議なのは、例えばスポーツとかで、男と女だったら、男の人がまさるというのは分かるんです。筋力の問題とか。でも、碁とか将棋も、男性のほうが絶対的に強いじゃないですか。なんか脳の構造と関係があるのかなと思ったりするんですけど。

多田　男の脳の構造と、女の脳の構造は、少し違うんです。男の脳は、胎児のころ脳の構造が出来てくる途中で、ホルモンの影響によって、女的な脳を男的な脳に変えちゃうんですね。一旦《いったん》、変更すると、それはもともとの女の脳の持っていなかったような、ある種の新しい能力を持ち始めるんです。しかも、男という環境の中で、それをますます育てるようになりますから、それで男のやり方と女のやり方というのは、かなり違ってくると思うんです。そのため、女がもともと持っていたものの一部は失ってしまうんですけど。たとえば女の脳の方が右脳と左脳がつながっていて本当はバランスがいいんですが、男の脳はそのつながりが弱くてそのために論理的な構築能力とかが新しく入り込むんですね。そういう点では、男の脳のほうが別な新しいものをつくり出しているのかもしれないです。でも、基本形は女の脳です。

脳死を考える能

多田　今日、ビデオをお持ちしましたので、もしお時間がありましたらご覧いただけるといいんですが。私が書きました「無明の井」と「望恨歌」という二つの新作の能の舞台のビデオです。

白洲「無明の井」の方は病院で読ませて頂きました。とっても面白かったです。

多田「望恨歌」は能楽師の方も何人か見に来てくれました。朝鮮の老女がチマ・チョゴリを着て現れるお能で非常に現代的な主題ですから、どうなるかと見に来たらしいんです。お帰りの時に感想を伺ったら、「なんでもお能になるもんですね」って言っておられました（笑）。

白洲　よくそういうものをお書きになるお暇が……。

多田　私が言うのはおこがましいことですが、お能を書くというのはそんなに難しいことではありません。イメージがあって、何を言いたいかが決まりますと、役の登場時にはどういう音楽があるとか、こういうタイプのお能だったら、こういう動きがあるとか、全体の構成そのものはだいたい決まっておりますから。音楽まで一緒に、つまり節がついてるように謡いながら書くことができます。必ずしもそれと同じように上演されるわけではありませんけど。お能の構成は決まっているので、その流れでやりさえすれば形になるんですね。でも形が類型通りだったらかえって面白くありませんから、わざと七五調をこわしてトリ地や片地になりそうにしたり、いろいろ工夫しますけれども。ただ、形式そのものは固定したものですから、それを破壊してしまっては面白いものは出来ないはずです。

白洲　私の本で友枝喜久夫《きくお》さんのことを書いた『老木《おいき》の花』（求龍堂）というのがあるので、見ていただきたいの。この中に実にいい形の写真があるので……。ほら、これ。とってもいいでしょう。

多田　ああ、完全に自由になった人の姿ですね。

白洲　そうなんです。これなんか装束をつけた喜多流の「猩々《しょうじょう》」、とっても難しいんですね。ちょっと、普通出来ないような恰好《かっこう》をするんです。中腰になって、そこから空を見て、身体《からだ》をひとまわり回すんです。よくあんなこと出来ると思って。問題は腰だけが中心なんです。いかにも、猩々という、獣とも妖精《ようせい》ともつかないものが酒に酔っぱらって、なんていうか、こう、身をくねらしているみたいに見えてね……。

多田　この手の開き方なんか、通常の型にこんなものあるはずがないと思う。身体じゅうが喜んでいる感じが分かりますね。

白洲　私はね、長いこと、もう二十年ぐらい前から、友枝さんを見ろ見ろと言われてるのに、なんだかお能自体がつまんなくなっちゃってて。それで、どれ見たって同じようだろうなと思ってずっと見に行かなかったの。そうしたら、友枝さんのを見てもうびっくり。あんまり美しくって（笑）……。座ってる間、「井筒」なんかで、地謡《じうた》がうたってて。座っている間って、いくら私が慣れてても、飽きちゃうのよね普通は。それが、そうじゃない。目が離せないの。いかにもシテ自身がものがたっているみたいで。

でも今回先生がお書きになった脳死を考える能というのは、すごいわね。どうなさるのかと思ってたら、実にちゃんと自然にお能になってね。いわゆる新作能というのはいやなもんで、ほんとは嫌いなのよ。それがちゃんと新作能じゃないみたいに、ごく自然になって。

多田　理屈っぽく考える必要はなくて、脳死に関しても今色んな議論がありますが、結局は自分の手元に近づけて考えてみようということなんです。例えば、脳死者をどういうふうに利用するかというような議論が大部分でしょう。ですから、脳死という、どちらともつかないような死の状態があったとして、それをもう少し身近にひきつけて考えるためには、脳死者そのものが舞台に現れて、何かを言ったほうがいいだろうと思ったんです。そんなことが出来るのはお能しかないですから。溺死《できし》して脳死状態で心臓をとられた男というのを設定して、それが現れて観客に訊《き》くわけです。自分は本当に生きているんだろうか死んでるんだろうかって。最終的には、やっぱり分からないまま帰っていくことになるわけですが。

白洲　それで、ちゃんと成仏《じょうぶつ》も約束させられてね。

多田　お能の常套《じょうとう》手段ですけど（笑）。脳死の問題では、医者の方は、脳死者というのはもう死んでるんだから、心臓とりましょうって言うでしょう。そうすると、法律家が現れて、脳死状態では、心臓病の患者が現れて、心臓が動いているんだから、まだ生きているって言いますよね。そこに、心臓病の患者が現れて、自分はもう死にそうになっているんだから、その心臓が欲しいって言うわけです。肝心の脳死者は全く現れない。そういう議論しかなかったわけですよね。医者はどこで「ご臨終です」って言っていいのか分からないような状態です。そういう中で、不分明になった死をどう考えるかということについて問いかけをしたかったわけです。

白洲　ダンテの『神曲』でしたっけ、あの中でも、選り分けられてて、自分では不分明というか、真ん中のところにいるという状態はすごく苦しいというふうに感じてますものね。

多田　そうです。その部分をキリ（最終部分）で引用しています。三途《さんず》の川、三瀬川で。そこで渡守が、生きているものは乗るなと言って、脳死者をより分ける。自分はどうしていいのか分からない。そういうとこがあるんですけど。それは、ダンテの『神曲』のアケロンの河の渡しのところからとったんです。

白洲　死んでるのか生きてるのか分からないというのが、悲劇であり喜劇でありみたいな……。

多田　そういうのは、現代になってはじめて出てきた状態ですね。日本では脳死の問題が過剰に議論されたといいますけど、それは、理由があったからだと思いますね。従来だったら、ご臨終ですで死んだわけですが、それが出来なくなっちゃった。中間の状態の人が事実そこにできてしまったわけですから。

「隅田川」なんかも、その当時だと、現代的な問題を扱ったものだったはずですね。現実に人買いがいて、頻繁に子供が誘拐されて、そして母親が追いかけていったら、すでに死んでいたという悲劇ですからね。

白洲 世話物ですよね、いわゆる。

やっぱりお能に帰ってくる

多田 僕は素人《しろうと》だから新作能を上演した時の舞台には一切かかわらなかったけれど、太閤秀吉《たいこうひでよし》なんかは自作自演のお能を幾つもしましたよね。そのうちの一つで、「明智《あけち》討ち」というのが最近、復曲されたんです。内容そのものは単純で滑稽《こっけい》なんですけど、なかなか面白い演出がありまして、太閤秀吉自身がシテなんです。家臣たちが居並んでいるところで、自分の手柄話を始めるわけです。「まず近こう寄って御聞き候《そうら》え」というと、みんなそちらに向いて話を聞き始めるわけです。太閤秀吉は、自分が明智を討った有り様を物語ります。すると、その物語を聞いていた家臣の一人ひとりが物語の中の人物に変身してゆくんです。一人ひとり次々に立ち上がって、立回りを演じたり薙刀《なぎなた》を持って合戦に参加したり、とっても面白い演出でした。

白洲 私の子供の時なんていったら、討ち合い、斬《き》り合いのあれを、本気になって練習してるんですよ、若い人たちが。それで、非常に面白かったの。それがいつの間にか、幽玄幽玄ばかりになっちゃったもんだから、ああいう面白さっていうのがなくなってね。

多田　討たれて、仏倒れで倒れたり……。舞台から橋掛りを越えて。

白洲　そう、飛んだりね。橋掛りから階段を、下に降りてまで戦ったりね。だから、その都度自分で工夫を凝らすわけよ。こうしよう、ああしようって。型がないんだから、そこは。チャンバラだけなの。

多田　もともとお能には、そういう大衆演劇的な面白さもあったはずなんですね。

白洲　ああいうのが入って、そして幽玄な能やれば、幽玄のほうも引き立つんだけど。はじめからしまいまでしんねりむっつりじゃ、もうたまんない。でも、上手な人がやればやっぱり一足の足みたいな使い方で全部を表すみたいなことがあるのよね。だけど、そこまで普通は見ないしね。

多田　めったにそういうことはありませんね。ただ、それが表れることがたまにはあるんで、お能はやめられないんですね。私なんかもしばらくの間はお能がつまらなくてしようがなかったんです。こんなのならもうほかの演劇を見ようと思って、歌舞伎《かぶき》とか新劇とかオペラとかに通うようになったんですけれども、やっぱり帰ってくるのはお能なんです。めったにないことですけど、全く奇跡的に素晴らしいのにたまに出合うことがありますからね。その時はやっぱりエクスタシーです（笑）。
白洲　舞ってても大いにあるのよね。気持ちよく舞えて囃子《はやし》がうまくて、みんなうまくいったかと思ってるとそうでもなかったりする、自分だけが面白がっていることもある。ところが、今日はもうギコギコしちゃって、何だかスムーズにいかなかったというような時でも、ようございました、ということもあるの。自分にはわかんないのね、あれ。
多田　そうですね。世阿弥が「離見の見」と言いましたですね。自分で考えてるのと――。
白洲　他人が見るのと違う。
多田　他人が見ているように自分を客体化して最終的には演じなければならないということなんでしょうけどね。
白洲　それで世阿弥自身は後ろにいて、何か人形を舞わせているような感じの文章もありましたね。
多田　自分を見てるもう一人の自分を設定しちゃう。
白洲　そういうのがはじめのほうじゃなくて、世阿弥の本でも年とってからになってくるわけ。

多田　すごい人だと思うんです。十郎元雅《もとまさ》が伊勢《いせ》で客死をして、その時に「夢跡一紙」というのを書きますね。あれなんか見ますと、ほんとは大声をあげて泣きたいんでしょうけれども、そういう自分さえも客体化して、もう一人の自分にものを書かせているんですね。もっとも大事にしていた息子が非業《ひごう》の死を遂げたわけですから、どんなに悲しいかわからないんですけれども、その悲しさをもう一人の自分にしゃべらせちゃう。すごいことだと思いますね。

佐渡に配流《はいる》されたといいますけれども、それはもう自分が望んでいたこととお考えになる……。

白洲　そう。それで旅を楽しんでるようなことを書いてるの。ちっともいやだなんてことは書いてなくて。

多田　そうですね、「金島書」がありますね。

白洲「上がる位を入舞《いりまい》にして死ぬ」というのが理想なんだけど、それをほんとにやった人ですね。

多田「入舞」という言葉が素晴らしいですね。舞楽などでいったん舞いが終って舞い手が退場する前に、名残を惜しむかのごとくにもう一度舞台に戻って、ひと舞い舞って、舞い収めるということだそうですけど。いったん退場してからもう一度現れて、最後の舞いを舞うなんてすごいことだと思いますね。お能はそれができるから素晴らしいですね。友枝さんなんかも老境に入ってからかえって創造的なものができるんだから。

白洲　外国のバレエなんかはいいとこでよさなくちゃならない。もう少し工夫できないのかと思っちゃうんだけどね、あんなに跳んだりはねたりしなくても（笑）。

多田　お能は型の芸ですからね、型の規制の中でできる最高のことをやろうと思って生きてくるわけですけど、七十歳ぐらいを過ぎると、今度はそこからさえ自由になってしまうということがあるんでしょうね。

白洲　友枝さんでも七十になって初めて自由になりましたって言われる。

多田　目がご不自由になったんだけど、そのおかげでかえって広々と舞えるようになったそうですね。

白洲　ええ。そりゃあね、「弱法師《よろぼし》」の広い景色を見せるとこなんて素敵ですよ。「紀の海までも見えたり見えたり」。喜多流がいいのは、扇へ景色を写すんではなくて、掌へ移すんです。それで「満目青山は心にあり」ってこうやる。

多田　お能というのは型が決まってますし、ここでは何足前に出て何足下がるなどと全部決まっている。だけど、決まっていれば決まっているほど一人ひとりみんな違いますね。五歩歩いたとか四歩歩いたということじゃなくて、おんなじ五歩を歩いていても、その五歩が違う。

白洲　自己が出るわけよね。だから年をとってもその中で自由なものを発見するんでしょう。

大事なことだけわかっていればいい

多田　先生は現在もう舞いたいとは思われないですか。

白洲　思わない、思わない。女にはダメだってわかってから絶対もういや。

多田　でもイメージの中では「弱法師」はご自身が舞ってるという。

白洲　ええ。だから私はとっても上手になっちゃった（笑）。現実には下手くそであれだけしかできなかったけれども、見るほうじゃうまくなったと言うことね。

多田　あ、その感じはよくわかりますね。私ははじめから大鼓《おおつづみ》と小鼓を習ったもんですから、謡《うたい》を習えと何度も言われたんですけど、ついに習わなかったんです。だから謡というのを習ったことがないから実際にはできないんですけど頭の中では謡えるんですよ。謡の文句は覚えてますし、節なんぞ全部覚えてますからね。頭の中では謡えるもんですから習わないんです。習わないって威張ってる。

白洲　とても上手でしょう（笑）。

多田　だんだん上手になってきました（笑）。

白洲　原稿はそういうわけにはいかないのよね。やっぱりものを書くのは、とにかく言葉でしょ。無理なのよ、だいたい言葉で言おうとするのは。数学なら数字で言えるだろうけれども。

多田　今まで実験することで何かを発見するということをやってきましたけど、実験をして発見するというのと考えて発見するということと二つあるということが分かってきました。実験をしても、その実験の結果をよく眺めて、そして考えてみて初めて、それが発見だっていうのがやっとわかるわけです。私はもう大学を辞めたものですから、自分で実験するわけにはいかなくなったんですが、人の論文を読んだり——私の弟子なんかが書いた論文などを読むと、その人たちが発見していないことを発見することがあるんです。

白洲　あ、わかるな、それ。

多田　実験をして発見するのと、考えて発見するのと、結局は同じだというのがわかりましたね。手を動かさないだけです。

白洲　真理を追究していくアプローチの仕方がたまたま実験器具を使ったり、科学的アプローチをしてるか、哲学みたく頭の中で考え続けるかというだけのことですもんね。おんなじことをみんな知りたいわけですから、死が何かとかそういうことを。

多田　生命とは何かとか、人間とは何かとかっていうことになると同じことをやってるんですね。

白洲　わりに最近、年とってから、何だっておんなじじゃないかと思うような……（笑）。昔は遺伝子なら遺伝子というのは、先生みたいな方がいらっしゃるとすると、遺伝子を知らなくちゃ書けないと思ってたのよ。でもそんなものはべつに知らなくたっていいんだという安心がこのごろでてきちゃって。だから、死ぬのも怖くなったのかもしれないけど。もちろんほんとは何でも知ってたほうがいいにこしたことはないんだろうけれども、そんなに詳しく、人間が生きて全部知るわけにいかないんだし。大事なことだけわかってればいいのよ。

多田　でもその大事なことが何なのかは、なかなか見えてこない。

白洲　死の傍まで行っても、答えは落ちてないわね。見てきたから、これは本当です（笑）。

生きた会話

青柳恵介

白洲正子さんは、人から面白い話を聞き出すのが実に上手だった。それは座談の名手というような技術的な理由によるのではなく、気魄《きはく》で相手に喋《しゃべ》らせてしまうという感じの問答だった。若い頃から普通の人が簡単には話をすることのできない、様々な世界の一流の人物と接することが多かったせいもあるだろうが、白洲さんはどんな人とでも臆《おく》すことなく、すぐに打ちとけて、質問は単刀直入、納得できなければ何度でも質問をくり返すのだった。実際の会話では、同じ言葉でも、声の大きさや抑揚、顔の表情等々で言葉の色が変わる。白洲さんから発せられる言葉の数は多くはなかったが、常に色は鮮明であった。

気魄は好奇心の旺盛《おうせい》から生じるものと思われた。若い頃から老年期にいたるまで、何事であれ、白洲さんの好奇心が失われたことはなかったであろう。歴史、文学、美術のみならず、その好奇心は万般にわたった。テレビで見て関心を持った人、本を読んで会ってみたくなった人、白洲さんはそういう人達に自らすすんで会いに行った。宇宙のことや人間の心の奥底のこと、動物のことや植物のこと、芸能界のことやスポーツ界のこと。分野によって好奇心の等級があるのではなく、ただひたすら関心の強度の等級によって、行動や言動が決まって行ったようだ。

企業のPR誌で、まだ南海ホークスに在籍していた野村克也《かつや》氏と白洲さんが対談されたことがあった。その対談の後、白洲さんは野村さんと話をしてとても面白かった、野村さんてこんなこと言うのよ、と言って、以下のような話をされたことがある。捕手というポジションが他の野手と違って、進行しているゲームの全体を見渡せるのは、ただ単に一人だけ向いている方向が他の選手と反対だというだけではないかもしれない。マスクを被《かぶ》ることによって、普段の自分とはもう一つ別の、言わば客観的な目を持った自分が生れるようだ、と。そして白洲さんは「能の面《おもて》っていうものもそうなのよ」とつけ加え、野村克也氏との対談の余韻を楽しんでいるふうだった。マスクとは何かという話題で、およそ普段は異なった分野で活躍しているお二人が、親しく共に考えながら、会話を交わすというのは何と素敵なことだろうと、私は感動しながら聞いていた。

テレビで、森に生きる泥亀《どろがめ》先生こと高橋延清《のぶきよ》氏の番組を見た後の興奮もすごかった。

「テレビ見てないの」と叱《しか》られ、「泥亀先生って木と話ができるのよ。木と相談していると、そこにリスがやってきて、泥亀さんはごろんと横になっちゃうのよ」と、こんな仙人が現代に生きている奇蹟《きせき》に目を輝かせるのであった。それから高橋延清氏のいる北海道富良野《ふらの》の東大演習林に出かけることになったという話を聞いたのは、それほど月日が経過しない頃のことだった。白洲さんは早速に泥亀先生に手紙を出したと思《おぼ》しい。具体的な段取をつけるのは通例親しい編集者であったが、そういう際に白洲さんは自分の手帳を出して来て、自分のスケジュールを告げるなどということはほとんどなかっただろう。先方の都合のままに自分の予定を合わせた。「いつでもいいのよ」。お目にかかりたいという言葉の気魄が相手に伝わらぬはずがなかった。あたりまえのことだが、白洲さんは対談の記録が雑誌に掲載されるから誰かに会いに行くのではなく、相手を確かめたくて会いに行くのである。

率直な白洲さんは、誰某と会ったけれど、「実に頭はいいのだが、つまらない人よ」などと感想を述べることもあった。その人の著作を私が愛読している場合などは、たまたまの出会いの運が悪く、もっと回数を重ねれば、別の判断も生じるのではないかと残念に思ったことも何度かあったが、その辺の粘り強さは晩年の白洲さんにはもう欠けていた。「つまらない人」という判断を修正することにかかる時間はもはや自分には残されていないという気分が感じられた。

少し大袈裟《おおげさ》なことになるかもしれないけれど、ソクラテスは文字というものをまるで信用していなかったという。人と人との真実の伝達は、肉声という言葉を通してのみ実現されると考えていたらしい。東洋でも、面と面とをつき合わせる場にのみ、最も大事な事柄は教え授けられるという認識があった。文章だけではわからない。会ってみて、相手の顔をしかと見つめながら話をして、そこで人間を判断する、という白洲さんの生活信条も晩年にますます色濃くなったように思う。

一九九八年に白洲さんが亡《な》くなられた後、鶴川《つるかわ》の白洲邸は「武相荘《ぶあいそう》」として一般に公開されている。主《あるじ》こそいないが、まるで今でも白洲さんが生活しているかのように、白洲さんの愛した木工品や陶磁器などが展示されている。その「武相荘」の炉端にたずむと、白洲さんがこの場所で一体幾人《いくたり》とここで心打ちとけて生きた会話をかわしたことだろうと、感慨にふけることになる。炉に炭をくべる白洲さんを思い出す。

(平成十七年二月、文芸評論家)

この作品は平成十四年九月新潮社より刊行された『白洲正子全集別巻』を底本とした。

おとこ友達《ともだち》との会話《かいわ》

新潮文庫　し-20-10

平成十七年四月一日発行

著者　白《しら》洲《す》正《まさ》子《こ》

発行者　佐藤隆信

発行所　株式会社　新潮社

郵便番号　一六二―八七一一
東京都新宿区矢来町七一
電話　編集部(〇三)三二六六―五四四〇
　　　読者係(〇三)三二六六―五一一一
http://www.shinchosha.co.jp

価格はカバーに表示してあります。

乱丁・落丁本は、ご面倒ですが小社読者係宛ご送付ください。送料小社負担にてお取替えいたします。

印刷・錦明印刷株式会社　製本・錦明印刷株式会社

ISBN4-10-137910-6 C0195